[中国当代乡土小说文库]

本乡本土

■ 刘玉堂 / 著　　山东城市出版传媒集团·济南出版社

图书在版编目（CIP）数据

本乡本土 / 刘玉堂著 . -- 济南：济南出版社，
2019.4（2024.2 重印）
（中国当代乡土小说文库）
ISBN 978-7-5488-3672-8

Ⅰ . ①本… Ⅱ . ①刘… Ⅲ . ①长篇小说 – 中国 – 当代
Ⅳ . ① I247.5

中国版本图书馆 CIP 数据核字（2019）第 066512 号

本乡本土 / 刘玉堂著

出 版 人　崔　　刚
总体策划 / 责任编辑 / 装帧设计　戴梅海

出版发行　济南出版社
地　　址　济南市二环南路 1 号 250002
网　　址　www.jnpub.com
电　　话　0531-86131726
传　　真　0531-86131709
经　　销　各地新华书店

印　　刷　山东百润本色印刷有限公司
成品尺寸　150×230 毫米　16 开
印　　张　7.25
字　　数　107 千
版　　次　2019 年 5 月第 1 版
印　　次　2024 年 2 月第 2 次印刷
定　　价　49.00 元

发行电话　0531-86131730/86131731/86116641
传　　真　0531-86922073

　　刘玉堂，文学创作一级，中国作协会员，曾任山东作协副主席，现为山东作协顾问。

　　自 1971 年开始文学创作，至今已发表作品 500 多万字，著有中短篇小说集《钓鱼台纪事》《滑坡》《温柔之乡》《人走形势》《你无法真实》《福地》《自家人》《最后一个生产队》《县城意识》《乡村情结》《一头六四年的猪》《山里山外》《刘玉堂幽默小说精选》，长篇小说《乡村温柔》《尴尬大全》，随笔集《玉堂闲话》《我们的长处或优点》《好人似曾相识》《戏里戏外》《所以说》等。作品曾获山东泰山文学奖，上海长中篇小说大奖，齐鲁文学奖，山东优秀图书奖，山东新时期农村题材一等奖，及《中国作家》《上海文学》《萌芽》《鸭绿江》《时代文学》等数十次省级以上刊物优秀作品奖，其随笔数十次获全国报纸副刊协会及省级报纸副刊协会奖。

　　刘玉堂被评论界称为"当代赵树理"和"民间歌手"，他的作品大都以山东沂蒙山农村为背景，描写农民的善良和执着，显现出来自民间的伦理、地域的亲和力和普通百姓的智慧与淳朴。他的语言轻松、幽默，常让人会心一笑。有关刘玉堂本人及其创作，著名作家李心田曾有诗道：

　　　　土生土长土心肠，专为农人争短长。

　　　　堂前虽无金玉马，书中常有人脊梁。

　　　　小打小闹小情趣，大俗大雅大文章。

　　　　明日提篮出村巷，野草闲花带露香。

乡村渐远　记忆永存

——中国当代乡土小说文库·刘玉堂专辑总序

刘玉堂

　　这套书里收录了我最深刻和最坦诚的记忆。

　　也是无论何时拿出来，我都不会为之脸红和惭愧的文字。它们记载了一个历史时期的段落，一片乡土的昔日，一种记忆的珍藏，或许没有美丽的田园牧歌，但有一种亲历者转述时的恳切。

　　国之虽大，无非两处所在：一是城市，二是乡村。国人虽众，亦分两群：一是城里人，一是乡下人。我是城里的乡下人。乡下人的习性和格局，注定了我只能紧紧抓着那些真正属于自己血脉里的东西。

　　本雅明评价《追忆似水年华》时说：世上有一种二元的幸福意志，一是赞歌形式，二是挽歌形式。前者容易辨认，但往往显得肤浅；而后者则往往被理解为苦役、患难和挫折的变体。我认同，所以也努力把这些文字编织成尽可能温情的乡土挽歌。

　　故而我写苦涩中的温情，无奈时的微笑，孤苦中的向往；有时干脆就是直接捧出一束未经任何加工的原汁原味的野草闲花献给你。用自己的语言，写自己的故事，是我自觉追求并努力实践着的。

　　大概十多年前，儿子新婚，依照家乡习俗要上喜坟。带儿子儿媳归乡，却找不到他爷爷奶奶的墓地。我无法描述彼时彼境，毕竟不知不觉间，我也很久不曾回到家乡了。所以，除了进入回忆和文字，否则我们绝无可能再回到那片我们一直赞美过的故土与时代。

　　人类的记忆又有很强的过滤功能。年代久远，许多痛苦甚至悲伤的事情会被过滤掉，留下的多是美好与温馨。"上山下乡"的知青故地重游，未必真的想重回当年的岁月，而是出于一种对青春岁月的留恋。

　　进入城市，或许才真正是几千年乡土中国的必然结局。中国乡土的昔日，其实没有什么美丽的田园牧歌，所谓的乡愁，可能也只是今日在城市中的我们，对记忆的美化，或者并不曾长在乡土之中的人们的臆想。

　　这也就不断提醒我们一个命题：如今的乡土文学应该怎么写？对此，我不能提供一个可期待的角度。但无论何时，我都偏执地认为，这种写作一定是面对自己的，充满诚意的，绝对不会丢弃审美与反省的。同时，这种写作应该赋予苦难以温情，而不是赋予苦难以诗意，至少保有一副写作者正常和普通的心肝，如果再有那么些许的使命感，就更好了。无论时代多么繁花似锦烈火烹油，小日子、小人物，活着，微笑着的众生，才是最值得我们保存和记录的。

　　最后，乡村要复苏，必然要抛弃传统的农耕方式和生活模式，而这些原本是乡村记忆的核心组成部分。乡土又是文明的缩影，即使我们远离村庄，依然也无法改变传承下来的行为方式。所以，我们永远是城里的乡下人，永远会记得起乡愁。但我们的后代可能不是，乡愁亦将与之无关。

　　乡村正在渐行渐远，如果有那么一天，曾经生养过我们这些人的乡土归于消逝，我还是天真地希望，这种消逝带着温情和平静，而所有关于乡土的记忆，则长久地保留下来。

　　亦希望，乡民的后代们进入城市，仍愿意读取先辈们性格中温情脉脉的那一部分记忆。

　　这是我不离不弃的期冀，而记录它们，则是我不离不弃的事业。

　　是为序。

2018-7-31 ／ 于济南

目　录

第一章　本乡本土

一九八四年春天，沂蒙山区搞机构改革实行社改乡。钓鱼台乡新任乡长肖英觉得文件传达了，大伙儿都知道了，工作该怎么干还怎么干，到时只是换换牌子就是了，而且别的地方也都在改，就没拿着当回事儿。不想换牌子的那天一大早，肖英一上班就见乡政府的门口被钓鱼台当庄的人围了个水泄不通，且锣鼓齐备，鞭炮待点，连她大姑子姐刘玉贞也来了。她问刘玉贞："你们这是干吗呀大姐？"

刘玉贞说："不是说今天换牌子呀？"

"是啊，换牌子怎么了？"

"大伙儿是想来庆祝庆祝，你当乡长了，庄上的人还能不给你助助威长长脸啊？当初你妈在这里当乡长的时候，大伙儿也是来庆祝了的。"

肖英就有点小感动，同时也觉得有点小题大做，你这么亲戚里道地一庆祝，就让人家觉得我这个乡长是给咱自己当的似的。但刘玉贞一脸庄重，肖英就不好把这层意思说出口来。肖英也知道钓鱼台人看重礼仪喜欢热闹，找个引子就热闹一番，心也是好心，庆祝庆祝就庆祝庆祝。当她把"沂北县钓鱼台乡政府"的牌子在掌声锣鼓声鞭炮声中挂到原公社大院儿门口的时候，她就注意到在场的五十岁上下以及这个年龄以上的钓鱼台人，都眼泪汪汪的了。过后她就理解，乡政府的牌子连同挂牌子的人，使他们想起她妈妈曹文慧当乡长的时期，想起刘玉贞办识字班的时期，想起当年拿着结婚证书幸福而羞涩地从挂着这块牌子的门口进去或出来的情景，想起拿着户口本儿来这里填上一个新的小成员的情景……肖英让这气氛感染得也有点激动了。

这种场合自然就少不了刘乃厚、韩富裕、刘玉华他们。刘乃厚说："还是叫乡长好听，一样的官儿，叫那个主任社长的总觉得不如乡长大一样。"

韩富裕说："那当然，看把玉贞大姑激动的，眼泪都下来了，就跟她自己当了乡长样的！"

刘玉华说："她要不是目光短浅，县长也早当上了，关键是这个农民意识啊，半截儿革命派呢！"

这时候，刘玉贞就从衣襟底下的兜儿里掏出两盒烟卷儿悄悄塞给肖英，示意她散给大伙儿，嘱咐她："刘曰庆大叔也来了，你过去跟他打个招呼！"

肖英就跟新媳妇似的一边散着烟一边过去跟刘曰庆打招呼："大叔来了？"

刘曰庆说："这么大的事儿还能不来，玉霄咋没回来？"

"他不知道，我没告诉他！"

"这么大的事儿怎么不告诉他？"

肖英笑笑："这算什么大事儿？"

刘曰庆就说："你这话我不愿意听，当乡长了还能不是大事儿？那年我去北京开劳模会的时候到你家串门儿，你才这么点儿呢！如今连乡长也当上了。就是那回你妈领着我去逛动物园，有个狗熊给我打敬礼，咱寻思虽然当上了劳模，可也不能骄傲自满，就给它还了个礼，咱一还礼不要紧，那狗熊还要过来和我握手呢，好家伙……"刘曰庆上了年纪，特别能啰啰儿，肖英要是还听他啰啰儿，那就半天下不来，她也知道他下边要说什么，无非是要提醒你注意个谦虚性什么的。她刚要脱身离开，刘乃厚过来了。刘乃厚猴猴着个脸说是："小婶子，你跟俺姥娘当乡长的时候一模一样哩！"说着问刘曰庆："是吧，大爷爷？"刘乃厚五十多了，仍然长着个孩子脸，脸上带着谦恭和讨好的表情。肖英在众目睽睽之下让他叫小婶子叫得很不自在。

刘曰庆说："那还用说！以后在公众场合不要管肖英叫小婶子，讲礼貌也不注意个分寸性儿，年纪也不小了。"

刘乃厚说："当庄当院的叫乡长怪生分不是？"

刘曰庆就说："公家的职务还管你生分不生分？该怎么叫就怎么叫！"

孩子们在争抢着落在地上的未响过的鞭炮，锣鼓还在敲着。刘乃厚转悠转悠突然就来了一嗓子："别敲了，都别敲了，刘乃武！说你呢！不让你敲嘛还敲！也别说话了，下边儿请乡长讲话！"

肖英一下子愣了。她一点儿准备也没有，根本没打算讲什么话，而且要讲话也不需要他来主持。但大家都不吭声了，等着她讲，她脸憋得通红，结结巴巴地说是："都忙、忙去吧！天怪旱，小、小麦也该浇了。"

人们就陆续散去了。

肖英怎么也不明白刘乃厚当时为什么要来那么一嗓子。事后她跟刘玉贞说起这事儿："这个乃厚是干吗呀？弄得别人怪尴尬的，以后在公众场合他要三不知地就这么来一下，我还有法儿工作吗？"

刘玉贞说："这个私孩子是显能呢！他从年轻就特别愿意主持个会什么的，没他的事儿他也在旁边瞎啰啰儿，人越多他越显能！"

之后，刘玉贞见着刘乃厚的时候说了他一顿，刘乃厚就说："您别生气大姑，我当时忘了，我寻思是咱自己庄上开会哩！"

肖英在她妈还没结婚的时候，就让她妈把将来可能有的她许配给了村长刘玉贞的弟弟。当时曹文慧与刘玉贞说的是玩笑话儿，不想后来就成了真的。

由土改工作队长改任乡长的曹文慧，几年来一直住在刘玉贞家里。两人领着钓鱼台的人们闹土改、搞支前、办识字班，结成了亲姐妹般的友谊。

战争把沂蒙山的姑娘留大了。战争一结束，全国一解放，那些支前的参战当中的一部分回来的时候，钓鱼台及附近的村里一下出现了一个谈对象和结婚的高潮，几乎家家都在办喜事。钓鱼台乡政府结婚登记证的存根一天能积好几本。这东西很容易传染的。曹文慧自己也有点沉不住气了。这天她买了一瓶酒回来，一进门就说："给我杀只鸡！"

玉贞问她："来客了？"

"没有，咱自己喝、自己吃！"

"是你的生日？"

"让你杀你杀就是了，什么生日不生日？我当乡长的喝点酒吃只鸡还要等到过生日？"

"当了乡长开始骄傲自满了呢！"

"让你杀只鸡你疼得慌了？你不杀我走了！"

玉贞见她有点认真，就乖乖地杀鸡去了。

曹文慧根本不会喝酒，喝着喝着就哈哈大笑起来，笑得很狂，笑过之后又呜呜地哭了，哭得很伤心，一边哭还一边骂："操你个娘的肖一雄啊，你个没良心的东西啊，你活着不来个信死了不通个知，纯粹坑你姑奶奶我呀！"

玉贞第一次看见大乡长披头散发鼻涕一把泪两行的疯疯癫癫的样子，第一次听她这么沂蒙山味儿的骂人，这便知道了她的许多事情。

曹文慧是苏北人，是金陵大学水利系的肄业生。一九四五年，她听说沂蒙山区解放了，就和她的同学肖一雄通过地下党来沂蒙山参加了八路军。之后他上了前线，她则留下来做了地方工作。再往后肖一雄就参加志愿军抗美援朝去了。

"哗——"曹文慧吐酒了。"哇——"刘玉贞那三岁的弟弟吓哭了。曹文慧就老娘们儿似的抱着他也哭了："我的个儿呀……"

曹文慧年龄大了些，特别喜欢孩子。她给玉贞的弟弟起名叫"如肖"，刘玉贞不同意，勉强叫成了"刘玉霄"。曹文慧晚上经常让玉霄跟她做伴儿。有天晚上，她突然醒了，醒来之后发现她的乳头儿正在小霄嘴里咂着，另一个则在他的手里抓着。她意识到醒来的原因，朝小霄屁股上打了一下。他"哇哇"地哭起来没完，她又赶忙把乳头儿塞到他的嘴里了，她点着他的额头："你这个小坏蛋，小冤家呀！"

曹文慧有时候胡思乱想，说话大大咧咧，她跟玉贞说："让小霄给我当儿子吧！"

刘玉贞说："那怎么行，我就这么一个弟弟，给你当女婿嘛还差不多！"

"行，只要我以后有女儿！"

又过两年，肖一雄从抗美援朝战场上回来了，他来钓鱼台找曹文慧。两人见面百感交集，哭着叫着地抱到了一起。一会儿，他把她放开了，他看见她的床上睡着个男孩儿，他的嗓音陡地变了："这是谁的孩子？"

她有意急急他："我的！"

他的脸色变得吓人："你的？"

"不是我的是谁的？这么多年也不来个信，谁知道你是死是活？"

肖一雄气急败坏地就要走，刘玉贞一下进来了。她在门外已经站了一会儿了。她听文慧越说越不像话，就说："你是肖大哥吧？文慧姐是吓唬你哩，那是俺弟弟！"

曹文慧笑得直不起腰来："我就是要急急这个×养的！"

肖一雄嘿嘿了两声，就拿糖给玉贞和小霄吃。

肖一雄个子很高，背有点驼。他和曹文慧村里村外地散步的时候，戴着一种风镜样式的墨镜，他那个墨镜就让刘乃厚很崇拜。刘乃厚说："这个么儿是千里眼吧？打个枪放个炮了什么的，那就格外准！"

曹文慧给肖一雄介绍："这就是那个十四岁就当村长的刘乃厚，老革命啦。"

刘乃厚说："主要是在曹乡长的领导下，做点具体的地方工作。"

曹文慧说："嘿，还怪会说话呢！"

肖一雄就把那个墨镜给了他："送给你吧！"

刘乃厚受宠若惊："军事物资也能送人？"但还是接着了。

刘玉贞在自己家的院子里扎了席棚，装饰了红绸子，挂上了毛主席像。曹文慧和肖一雄就由刘曰庆书记主持着，举行了个简单的婚礼。当然就向毛主席像鞠了躬，还夫妻对拜什么的。他两个鞠躬的时候，刘乃厚在旁边儿抢着咋呼："一鞠躬、二鞠躬、三鞠躬，下边请党支部书记刘曰庆同志讲话！"刘曰庆让他啰啰儿得有点恼，但也不好发作，就说是："这是个革命化的婚礼定、定了，以后再有结婚的，就按这个章程来，新社会讲究个新风、风尚嘛，啊，但也不能胡啰啰儿，要注意个礼貌性！"

酒席也是请了的。刘玉贞让韩富裕杀了两只羊，大锅那么一煮，大伙儿连吃加喝的就都脸上红扑扑的。刘玉贞忙里忙外地张罗，跟家长似的。当肖曹二位从她家出来，入了乡政府大院儿的洞房的时候，刘玉贞就掉了眼泪。

肖一雄在钓鱼台待了五天，临走要把曹文慧带走，曹文慧不干，说是："跟你干啥去？当随军家属？你的工作是工作，我的工作就不是工作了？想得你娘的倒美！"

肖一雄嘿嘿着："你变粗野了！"

"你不粗野，头天见面还没登记你他娘的就……"

"你小点声！你这个大嗓门儿是什么时候学的？"

肖一雄走了之后，留给钓鱼台人突出的印象是：文文绉绉，很讲卫生。他每天早晨都要到紧挨着钓鱼台的那条小河去刷牙洗脸，脖子上搭着印了"最可爱的人"的那种白毛巾，还做伸展运动什么的。他看手表的姿势也很文雅，一只手翻开另一只手的袖口，戴手表的那只手就做着女演员们经常做的那种莲花状。钓鱼台那个神神道道的何大能耐就说："这种人一看就是只能生女孩儿的人，生不出男孩儿。"

曹文慧二十八岁结婚，婚结得晚了些，爱的方式有点变形。虽说她没跟他去，但他们都疯狂地补偿着久别后的感情，贪婪地享受着爱情的乐趣。还真是让何大能耐说准了，两人穿梭般地你来我往，结果在他们婚后的五年中，曹文慧接连生了三个女孩儿，第一个即是肖英。

这时候的曹文慧，有着一种少妇的美。她漂漂亮亮，风风火火，操着地道的沂蒙山方言，既能吃苦，也能说粗话，威信就很高。人们把她当作知识分子劳动化的典范，以她为标准衡量其他的和后来的干部，稍微不如她，就说是："这样的人给曹文慧提鞋也不够格。"后来当肖一雄调到北京某军事学院干教务长的时候，曹文慧也调去了。她在一个国家机关的业务部门就沿着副处长、处长、副局长、局长的台阶熬了上去。

刘玉贞说"刘乃厚这个熊孩子爱显能，从年轻时就特别愿意主持个会什么的，没他的事儿他在旁边儿也胡啰啰儿"是一点儿也不假的。肖英第一次来钓鱼台的时候就曾领教过。

一九六六年冬天，肖英和另外三个要好的同学来沂蒙山串联，在钓鱼台住了几天。当时刘乃厚在大队当保管员，见了肖英她们特别热情、周到，透着经常接待公家人儿样的一种熟悉和干练。还不失时机地给肖英她们讲他当年跟日本鬼子做斗争的灵活性儿。还张罗着要杀狗给她们吃，结果和肖英一起来的有个叫继红的还吃坏了肚子，并对刘乃厚的过分热情产生质疑。

当时，刘乃厚还向她们请教农村"文革"怎么搞的问题，说是："到处都轰轰烈烈，就咱这里死气沉沉，还是个事儿来，搞不好就让社会主义甩个十万八千里！"

那个继红就说："关键是钓鱼台阶级斗争的盖子还没揭开呀！"

刘乃厚很感兴趣："你说怎么揭？"

继红说是："十六条规定得很明确，这次运动的重点是整那些走资本主义道路的当权派，当然要围绕着这个重点揭了！"

刘乃厚说："这么说是要揭刘曰庆喽？他连什么是资本主义道路都不知道，他怎么走？"

继红说："就算是资本主义道路他不走，阶级阵线的问题就清楚了？"

刘乃厚说："那还能不清楚？"

继红还很耐心，循循善诱："我们到你家去的时候，发现你家的房子漏雨是不是？"

刘乃厚说："是有点漏不假，你看得还怪仔细哩！"

继红说："你提一桶水从地富反坏家的屋脊上倒下来，看看他们家的房子漏不漏，若是都漏，自然没话好说，若是他们家的房子不漏贫下中农的漏，那就是阶级阵线不清。"

刘乃厚寻思寻思有道理，提起一桶水就往地富反坏家倒去了。倒得那几家鸡飞狗跳，庄上的人也都莫名其妙。

刘乃厚拣着有代表性的倒了那么几家回到大队部，就听那几个女学生正在吵架，他一走近，她们不吵了。他问肖英："怎么了？"

肖英余怒未消地说是："没什么！"

刘乃厚打着哈哈说是："操，还都漏哩，只是漏的程度不同罢了。"

继红脸红红的就再也没吭声。

那几个女学生吵架后的第二天，四个人分了两帮，继红跟另一个女学生走了，肖英带着一个同学住到刘玉贞家去了。钓鱼台的人这才确定这个肖英还真是曹文慧的女儿。

若干年后，肖英有一次跟刘玉贞的弟弟刘玉霄谈起这事儿，说是："这个沂蒙山啊，真是块让人负疚的土地，你只要跟它一沾边儿，就忘不掉它，就永远觉得对不起它。"

再过几年，时兴知识青年上山下乡的时候，肖英就来钓鱼台下乡了。她在下乡期间将刘乃厚那个兔唇儿的儿子领到北京做了手术，给补好了。以后那个兔唇儿就保镖似的整天围着肖英转。肖英去打水，他给她拧辘轳；肖英去看电影，他提前给她占座位；肖英当民办教师，他在班上维持秩序。他补好了兔唇儿才上学，个子不矮竖插着，有哪个孩子惹肖英生了气，他嗷地就来上一嗓子："×你个娘的，想挨揍咋的？"他不召即来，来之能战，有时候就让肖英很尴尬。后来她跟刘玉霄结婚的时候，那个兔唇儿竟然趁人多混乱之际，踢了刘玉霄一脚，很尽责的。

肖英在婆家门子上当乡长，麻烦无穷。钓鱼台人仿佛谁都跟她有点直接或间接的亲戚，这个叫嫂子，那个叫婶子，还有叫奶奶的。煤不好买，托她买煤，优良品种不好换，托她换种子，连看病也要她先给医生打个招呼。还有许多托刘玉贞求她办什么事儿的，刘玉贞也大包大揽："行，我给他婶子说一声。"

肖英是个知恩图报的人。她知道她这乡长是怎么当上的。她在整个下乡期间，比起她那些去北大荒去大西北的同学来几乎一点苦没吃，一点罪没受。她当民办教师，庄上的人还觉得屈了她，一有指标就推荐她上了省委党校。她毕业回来，先是当了几天公社团委书记，机构一改革，一讲究文凭，讲究女同志占一定比例，这个乡长就连她自己也想不到的当上了。她像欠了钓鱼台人永远无法还清的宿债，拼着命地忙这忙那，东跑西颠。这里联系煤，那里换种子，操着故意向沂蒙山味儿靠拢的普通话，拉着地道的庄户呱儿："我说狗剩家的呀，你这个绝育手术还得做来，不做不沾弦啊。"

而庄上的人谁都告诫肖英，千万别忘了你大姐呀！是她把玉霄拉扯大的呀。曹文慧也不止一次地这么说。刘玉贞呢，也喜欢在肖英面前讲她当年抚养弟弟的功劳："你不知道咱们爹妈去世的时候他才多大点儿呀！别人他还不找，白黑的就拽着我，我背他背得手指头上都磨出了茧子。"她这么唠叨的时候，她丈夫徐福就在旁边儿"嗯、嗯"着，就像他当时在场似的，肖英越发觉得欠了她什么，尽力替丈夫报答她。徐福说，他庄上的徐彦别看在外边儿当公安局长，每年都回来给他嫂子做生日呢！老嫂比母嘛，嗯。肖英就也给刘玉贞做生日。刘玉贞说，谁谁谁家的孩子当了农民合同工呢，肖英就走后门儿给她的孩子去联系……

肖英对丈夫小时候的事就比刘玉霄自己还清楚。

还在曹文慧发酒疯的那次不久，文慧就问玉贞："哎，你干吗还不找主儿？"

"等弟弟稍大点儿的时候，跟你一块儿！"

"傻妮子，跟我一块儿干什么？有合适的赶快找一个，你要照顾小霄，不会在本村找？"

"本村都是庄亲，我的辈分又高，没合适的！"

"那就在外村找一个，把他招赘到钓鱼台来就是了。"

其实玉贞父母在世的时候，早给她定了一门儿娃娃亲，她没敢告诉曹文慧，怕她笑话自己觉悟低没水平。她是这样想的，娃娃亲有点封建不假，但那是父母给定下的。父母在世可以要要小脾气不啰啰儿了，父母去世了就不能不啰啰儿。后来初级社合并成高级社的时候，她就辞去社长的职务，跟那个娃娃亲的对象结了婚，嫁到离钓鱼台八里地的一个小山庄去了。待她那个额头上永远贴着狗皮膏药永远不是这里疼就是那里痒的婆婆去世之后，她就将家又搬回了钓鱼台。

在这之前和之后，刘玉贞有许多脱产转干的机会，就在曹文慧调走的时候，她还动员玉贞接替她的职务来着，但都被玉贞拒绝了，理由还是她弟弟：既不能把弟弟留在家里，也不能带着弟弟东跑西颠，只能她自己在家里。

刘玉贞的丈夫徐福也当过兵，性子很慢，很有礼貌，很会过日子。刘玉贞还没搬回钓鱼台的时候，玉霄曾去过那个小山庄一次。徐家是个大家族，徐福提到的那个徐彦是他本家的一个哥哥，他当时在部队当营长，回来办老婆随军，他那七八个兄弟包括徐福在内就在一起研究怎么跟徐彦要钱怎么分他那些搬不走的东西。最后整得徐彦从他舅子那里借了路费走了。临走两口子大哭一场，发狠再也不回来了。肖英有一次跟玉霄说起徐福说的徐彦每年都回来给他嫂子做生日的话，玉霄就笑了笑没吭声。

徐福跟玉贞来到钓鱼台，本事施展不开。钓鱼台的人先前对他们的老社长何等敬重，如今见她嫁给了这么个畏畏缩缩的人就觉得有点小失望。队上分东西，村里开会，就只点刘玉贞的名而不点他。他肯定就觉得压抑，整天沉默寡言。玉霄放学之后要跟伙伴儿们一块儿去拾柴火，他不让去，玉贞说："他愿意去就让他去呗！"他就说："这可是你让他去的呀！"

玉霄的性格开始孤僻起来。从前姐姐没出嫁的时候自由自在，现在在自己的家里却还要时时小心着，觉得很别扭。他偷偷掉了好几回眼泪。有一回掉眼泪的时候让玉贞看见了，玉贞就抱着他一起哭，完了，她对玉霄说是："好好上学啊，要不……"

这话她经常说，玉霄从小就记得很牢。他不知道姐姐的潜台词是什么，猜不出"要不"就会怎么样。但却使他感到了某种压力，他学习很刻苦，成绩很好。

往后她有了孩子，留起了髻子，穿着带大襟儿的褂子，盘着腿儿吱咂吱咂地纺线穗子，眼里终年布满了血丝，她后背的脖领处经常湿漉漉的，干了的时候就好像撒了一层盐粒子。

她拼命让玉霄上学，她自己的孩子却没有一个能上得了学。她的孩子一个个的都挺懂事。玉霄上初中的时候，每当星期天回家，玉贞总要给他做点好吃的，只做一点儿，刚够他一个人吃。孩子们在旁边儿眼巴巴地望着，玉霄让他们一块儿吃，他的大外甥说："你吃吧，舅，你在外边儿上学怪累！"孩子刚八岁，说话跟大人样的，他的鼻子就有点酸。有一回八岁的外甥去河里捉了几条小鱼，拿回来要给他舅吃，回来见玉霄上学走了，孩子哭了。

玉贞孩子生得挺多。当玉霄高中毕业因为赶上"文革"没能考大学而去北京当了兵的时候，她的第六个孩子也降生了。

玉霄离家之前，玉贞给了他一只生了锈的口琴和一个几年前的旧信封，说是："小时候，你可记得咱这儿有个女乡长，姓曹？"

"隐隐约约的好像有点印象！"

"这个口琴就是她留给你的，信封是肖英上回来串联回去之后写来的，不知道她家搬没搬，正好你也到北京当兵，抽空儿去打听打听，你小时候她对你特别好，别忘了人家！"完了就哭了："这些年你受委屈了，没照顾好你！"

玉霄也哭了："是我拖累你了。"

肖英后来告诉刘玉霄，她第一次来钓鱼台串联的时候，玉贞大姐就给她灌了不少关于他的事了。她还知道玉霄这名字由"如肖"演绎而来，是她母亲给起的呢！所以当刘玉霄和肖英在北京第一次见面的时候，就都觉得彼此早就熟悉了似的，涌起了一种青梅竹马般的感情。

一切都按着曹文慧和刘玉贞当初的约定在悄悄地进展。虽说两个年轻人都还蒙在鼓里，却又进展得那么自然，那么顺理成章。

那个旧信封上的地址是肖一雄所在的某军事院校的家属院儿，而要去那个家属院儿，须穿过半个校园。不想当刘玉霄按着信封上的地址找了去的时候，就让那个文文绉绉很有风度的肖一雄万分尴尬。

时值早春二月，清冷的校园里到处都贴着写了"深入斗批改，迎接九大召开"之类的各色标语。路旁的残枝败叶之间，有那么十来个穿着军装但没戴领章帽徽的中年人在撅着屁股弯着腰的一动不动，他们还在小声地对话呢，这个说："坚持数年，必有好处！"那个说："小型的批斗会弯上它四十分钟差不多就可以撑下来！"而附近并没有什么人看着他们。刘玉霄就意识到他们是在自觉地练，好准备着挨批斗。军事院校是允许开展"四大"的单位，兴这玩意儿。

刘玉霄在一个撅着屁股的人的旁边儿站了一会儿，想跟他问问路。那人从两腿之间发现了他，问道："你、你找谁？"但身子并没抬起来，仍那么弯着。

"肖一雄同、同志在哪里住？"

"找他有什么事儿？"

"看看他，我是从沂蒙山区来当兵的，他爱人曾在我们那里工作过！"

那人忽地抬起了身子，但没站稳，马上就喝醉了酒似的摇晃起来。刘玉霄赶忙将他扶住了。他的脸呈绛紫色，许是弯腰时间长了，让血给充的。待他的脸色稍稍恢复正常，他拍一下胸口说是："起猛了！你刚才说是从沂蒙山来的？"

"嗯！"

"你可是小霄？"

"是啊，您就是肖叔叔？"

他一下握住玉霄的手说是："真是想不到的事儿，都长得这么高了，走，咱们回家，让你曹大姐高兴高兴！"

路上，玉霄问他："您刚才——没事儿吧？"

他脸上红了一下："没什么事儿，先练练，不一定用得上，我只是个业务副院长，无非是执行了资产阶级军事路线罢了，文件上不是也说要把决策者和执行者区分开来？"

刘玉霄就觉得这是个极要脸面的人，他在有意轻描淡写。他果然马上岔开话题问道："你大姐好吗？叫刘玉贞是不是？"

"好，是叫刘玉贞！"

"肖英上回去你们那儿串联没见着你？"

"没有，我当时也到外边儿串联去了。"

"出去经经风雨见见世面好的，当的是海军，俺？在什么单位？"

"海军测绘局！"

"测绘局好的，海军参谋长张学思同志我认识的，那么好的一个同志……"

一进家，肖一雄就喊上了："老曹，你看谁来了？"

曹文慧这时候四十五六岁，仍然风姿绰约，朴实无华。她端详着刘玉霄的工夫，肖一雄就朝玉霄挤眼睛。玉霄让她盯得不好意思，脸红红地从挎兜儿里拿出了那只生了锈的口琴。曹文慧一见，喊着"我的个小霄儿呀！"就将玉霄抱住了。她仍然操着沂蒙山口音，嗓门儿很大，一副永远说了算的神情。她那三个女儿肖英肖蒙肖三听见她喊，都从房间里跑出来看，她就依次让她们叫玉霄哥，她们一个个就都乖乖地很亲热地叫。

曹文慧将玉霄按到客厅的沙发上，给他倒水拿糖，拉着他的手问刘玉贞，问刘乃厚，问她所记得的其他人。玉霄说，他们都想您啊，让我给您捎好来着。她的眼泪就下来了。

肖英十七八岁，一身当时很流行的上黄下蓝的高中生的装束，扎着两个小辫刷儿，人长得很秀气。肖、曹二位跟玉霄说话的时候，她就张罗着炒菜做饭，让肖蒙干这肖三干那，指挥得她两个团团转，大管家似的。

饭桌上的气氛很活跃，每人都喝了两杯白酒或红酒。那个最小的肖三见曹文慧老给玉霄夹菜，说是："重男轻女呢，妈妈特封建！"曹文慧嘻嘻地说："我就是重男轻女，就是封建！我认识你玉霄哥的时候，你们还不知道在哪里呢！"连恢复了矜持模样的肖一雄也不时地嘿嘿着，嘱咐玉霄好好干，严格要求自己，加强纪律性，革命无不胜，"你出来跟领导请假没有？"

玉霄回去的时候，曹文慧让肖英送他。两人默默地走了好长一段，肖英才唉了一声说是："家里好久没这么高兴过了，想不到爸爸妈妈这么喜欢你，连我也有点忌妒了呢！"

玉霄的心里确实就热乎乎的。他似乎第一次感受到这种温馨的家庭气氛。他记事之后所生活的那个家庭是何等的寒碜，那种寄人篱下须时时小心着的滋味儿真是不好受啊。此时就让他觉得自己是这家的成员刚刚外出归来似的，不由得就生出一种为这个家庭做点什么的责任感。

肖英告诉玉霄，妈妈正在家里靠边儿站，爸爸则随时准备到单位交代问题，要命的是爸爸出身还不好，社会关系也挺复杂，谨慎了大半辈子也还是躲不过。他的心情一直很忧郁，今天是近年来说话最多的一次了。妈妈整天在家里憋得难受，动不动就发火……"你以后常来呀，可也别违反了纪、纪律，影响进步！"

玉霄就有种预感，一个阴影笼罩在这个家庭的上面，不知什么时候就会出事儿。果然，没过多久肖一雄就进牛棚了。他在里面始终不让玉霄去看他，不知是怕牵连玉霄还是出于一种虚荣，不出半年，他竟然在那里自杀了。曹文慧得到消息之后一边哭一边骂，说他缺少男子汉的气度，拾得起放不下的个东西。玉霄帮她料理了后事，陪她度过了一段非常难过的日子。

随后就是肖英下乡，曹文慧找玉霄商量下到哪里好。她那种商量的口气就跟他是这家的长子凡事要他拿主意似的。玉霄没加思索地就说："到我老家去吧，那里生活苦是苦一些，但人的禀性好，顾念情分，也有人照应，两下里都放心。"娘俩都同意了。

肖英临走的时候，玉霄去送她。肖英眼红红地对他说："这个家就托付给你了，妹妹都还小，我在那里，你也放、放心就是！"

不想肖英此一去，竟在那里有所作为，变成了地地道道的沂蒙山人。后来家里几次调她回来，连她自己也不情愿了。

　　肖英当乡长不久，刘玉霄回来了一趟。他仍在部队，现在海军创作室当作家。

　　刘玉霄当兵第四年提了干，第一次休探亲假的时候，曹文慧跟他一块儿回到了钓鱼台。曹文慧当时刚官复原职继续当她的副司长，而玉霄和肖英的关系也早已不言而喻。喝着酒的时候，便把事情挑明了。本来都很高兴，刘玉贞却就忽地站起来，毕恭毕敬地走到曹文慧跟前，一个深鞠躬："表婶子——"她那满眼的泪水和乞求般的神情，让曹文慧一阵战栗：这就是当年跟她朝夕相处耳鬓厮磨的玉贞妹吗？刘玉霄看到这情景，也仿佛听到老年的闰土见着鲁迅时喊"老爷"的那一声，心里一阵揪疼。这还不算，刘玉贞回到自己的座位上，又戚戚地对玉霄和肖英说："明天，你俩去给咱父母上上坟，说一声。"

　　徐福说："上不上的呗，修大寨田的时候，坟头儿都平了，再说玉霄一个军官，领章帽徽的去磕头，也不好看！"

　　刘玉贞说："坟头儿平了不要紧，找到那块地方，差不离儿就行，他是军官就能不要父母吗？"

　　刘玉霄又是一阵战栗：这就是当年的沂蒙山第一个女社长吗？

　　但坟还是上了。沂蒙山管这叫上喜坟，坟头纸也是红的。不想上坟的时候，刘玉贞坐在麦垄上号啕大哭，说是："你们的孩子成人了，说上媳妇了，他俩给您磕头了。"

　　玉霄悄悄地拉了肖英一把："会磕吗？"肖英挺庄重地说："会，这个还能不会？"两人就正儿八经地磕了。

　　事后，曹文慧对玉霄说："我看这二十多年钓鱼台变化不大呀！变化最大的是你大姐，不知怎么，我一听着当年那么好的姐妹管我叫表婶子，我心里就不是味儿。"

　　玉霄苦笑笑："不叫表婶子叫什么呢？她总不能还叫您大姐吧？"

　　曹文慧说："倒也是！永远别忘了你大姐呀！还有肖英，肖英也别忘了，玉霄不在家，你要替玉霄好好侍奉她，听见了吗你？"

　　肖英乖乖地说："听见了！"

　　玉霄搞专业创作之后，经常回沂蒙山体验生活，顺便就回钓鱼台住两天，而后写一些关于钓鱼台的过去和现在的故事。

　　钓鱼台人对写书的人倍觉神秘，仍然抱着"作家可不是随便见的"那么一种心理。这种心理是由玉霄的一个叔伯大哥刘玉华给传染的。他是个文学爱好者，会写"集体劳动好，把爱情来产生，个体劳动则不行，不管你多么有水平"之类的打油诗。他说1958年他曾跑了六十多里地去跋山水库看《铁道游击队》的作者刘知侠怎样体验生活，结果人家头天就走了，没见上。他自我安慰说，人家就是头天不走也不一定能见上，作家可不是随便见的，嗯，县长都不能随便见，更甭说作家了。他不知在哪里学会了一句"下生活"，玉霄每次回来，他就说："又回来下生活啊？我给你提供个线索，我看刘乃厚镶的那对儿金牙就是个好题、题材！"

那次玉霄回来，确实就发现刘乃厚镶了一对儿大金牙。刘乃厚告诉他说："咱镶金牙可不是为着好看，而是食物发生了质的变化，为了咀嚼之需要。过去穷，喝稀粥，有牙没牙关系不大，如今生活好了，吃小米煎饼，啃排骨，没牙不行！"他说着说着就吹上了：我十四岁那年就当村长，玉贞大姑还是接的我的班儿呢！那回，吴化文手下的一个小排长来到咱庄上，喝起酒来的时候张开大嘴让我看他的大金牙，我一看，好家伙，黄灿灿的一排，三四个。咱寻思，人有势了，连牙也换成了金子的，这还是个小排长，要是当个师长旅长的，那还不得换上它十个八个的大金牙？可不曾想，如今咱也镶上了。他说着，就把那对儿金牙拿下来给玉霄看。那金牙是活动的，上边儿沾满了饭渣牙垢，把玉霄恶心得够呛。之后，他把牙安上，说是：总而言之一句话，根本性的是政策好哇，这样说行吧，小叔？他像知道你要引用他的话似的，要什么他就给你来什么。玉霄果然就写了一篇《从镶牙看变化》的小短文，发在了《农民日报》上。刘玉华看到之后给他念了一遍，他就说：这可是国家级的报纸，嗯，具有一定的荣誉性，一篇就顶你个三张五张的大奖状！他还真把那篇小短文剪下来，用相框给镶起来了。

玉霄回来之后，刘乃厚那个兔唇儿子来看他，他的嘴唇补得不错，只有两道浅浅的疤痕。肖英领他到北京做手术的时候，玉霄见过他，知道那上边儿的肉是从腿上割下来的，但肤色还挺一致，不认真看看不出来。如今他已长成大小伙子了，见了玉霄挺有礼貌，转转悠悠地想干点什么。

玉霄问他："你爹好吗？他怎么不来玩儿呢？"

那个兔唇儿说是："他挺好，挺能吃，我嫌他光随地吐、吐痰，没让他来。"

玉霄说："抽空儿我去看他。"

兔唇儿忙不迭地就说是："你什么时候去？那我得提前打扫打扫卫生！"

玉霄到他家去的时候，就发现刘乃厚比先前苍老了许多。他在外边儿嘻嘻哩哩，爱显个能什么的，始终是个孩子心性儿，没有谁拿他当老人待。而他在家里也很不受尊重。他五个儿子中有四个已经成家了，只有兔唇儿还没对象。玉霄在他家坐了那么一会儿，那个兔唇儿一会儿叫他去烧水，一会儿叫他去买烟，支使得他晕头转向，而刘乃厚则唯唯诺诺言听计从。玉霄说兔唇儿："你这个孩子，我跟你爹说会儿话，你毛病还不少来！"

刘乃厚嘿嘿着："就是！又不是外人！"

而且，他家根本没什么变化。仍然是院子很大，房子很小，屋里很黑，须过一会儿才能适应屋里的光线，只一张床，一条棉被。玉霄问他："你不是说食物发生了质的变化，吃小米煎饼啃排骨什么的吗？怎么没看出来呀？"

他说："那是一种形、形容，就跟'风吹草低见牛羊'一样，哪有那么多牛羊见？"

"看来你家还是很穷啊！"

他说："都三中全会了，还能说穷吗？"

"三中全会了，为什么就不能说穷？"

他这么解释："别的地方都富了，广播上说，鲁西北的棉农还到北京吃烤鸭什么的，把十元一张的人民币甩得啪啪的，咱这里要是还咋呼穷，各级领导的脸往哪搁呀？咱的脸上也无光不是？"

玉霄就很吃惊，他又转了几家，情况也都差不多。他们饿着肚子关心着外边儿的形势："当前的形势是怎么个精神？"没去过北京却为北京操心："大使馆这么多，外国人到处溜达，这个安全问题还是个事儿来！"他跟肖英谈起刘乃厚说的"都三中全会了，还能说穷吗？"的话，肖英说："谁也没不让他们说呀！他们就这么想有什么办法？穷不说穷是沂蒙山人的优秀品质不是？"

"从你拿回来的全县三级干部会的文件看，去年全县人均分配好像是四百五十元对吧？"

"这个数字有点水分不假！"

"三中全会之后还这么干？"

"我怎么知道？"

"你这乡长当的！"

"哎，你这么上劲儿干吗呀？是不是想写个内参什么的？"

"有这个考虑！"

"怪不得到处都不欢迎你们作家呢，你们就爱到处捅娄子，你写了内参一拍屁股走了，你老婆可还在这里呀！"

"你打谱在这里干一辈子咋的？一个乡长就拴住你了？你这样的，在长安街上随便抓出一个就比你官儿大！"

肖英就认了真，说是："我可是越来越不了解你了，写小说写的？你们搞创作需要素材了，跑到沂蒙山来了，来到之后发一番感慨，施舍一点同情，玩儿一玩儿深沉，名利双收，还挺高尚似的，可要你自己做点实际的贡献呢，你不啰啰了，连老婆你也要拽走，还写内参呢，写写你自己吧，写写你还是不是沂蒙山人！你们不是时兴寻根吗？你创作的根不正在这里吗？离开沂蒙山你能写什么？我在这里，当你体验生活的一个点，你想来就来，愿住多久就住多久，还不用死乞白赖地找人报销差旅费，多好！我回北京能干什么？那回咱们上街连个公共汽车也挤不上你忘了？再说北京就那么好回？就凭你那点本事，咱妈那点关系？拉倒吧！"

玉霄就笑了："我找的不是老婆呀，纯粹是个党校理论教员！"

肖英就说是："你呀，得注意呢！在那个文艺圈子里待久了，思想要长毛儿呢，没找个情人什么的？"

"看看，又偷换主题了不是？说内参嘛，说起情人来了，让你回去你不回去，就这么待着，你对我还不放心。"

"我相信你的为人，可不相信你们那个圈子！"

"分居症呢！"

肖英笑笑："你说过不是？'分居能使感情永远保持新鲜'。"

"还新鲜呢，你这么正儿八经的，新鲜得起来吗？"

"去你的！"

刘玉霄这次回来才知道，肖英每年都要给大姐过生日，而她的孩子却没有一个给她做生日。玉霄告诉大姐，你有什么困难，可以直接对我说，不一定大事儿小事儿的都找肖英。刘玉贞就说："没啥困难，家里都挺好。肖英跟你说什么了吗？"

"她能跟我说什么？我只是随便说说！"

"就是怪想小沂的，下次带回来我看看！"

小沂是刘玉霄的儿子，现在曹文慧那里，他吃奶的时候，玉贞的女儿曾看过他一段。

那个徐福还挺会说话，跟玉霄夸奖弟妹多么好，威信多么高，多么谦虚谨慎，虽然是城市人，可跟咱山里人一样哩。而后就让玉霄在北京打听着点儿，"要是有二三百块钱的彩电，咱也卖了猪买一台。"

玉霄就觉得肖英在家门子上当乡长确实是不容易，关键还是一个穷字。待他回到北京之后，那个内参还是写了。

不一定就是那篇内参起了作用，或许还有别的什么原因，总之是没过多久，沂蒙山就开始扶贫了。一扶贫，钓鱼台所在的沂北县领导人就由肖英领着来京托曹文慧找门子要扶贫款和跑项目了，也不说人均收入四百五十元什么的了。

一切都是刘玉霄写的那本《钓鱼台纪事》引起的。那本小书在沂蒙山传得很广，沂北县上上下下的差不多都知道。那本小书写得太真，连人名地名都几乎没有变化。尚县长看了那本小书，一拍脑门儿："嘿，我怎么把这个碴儿给忘了呢！"这就让肖英带路，找曹文慧活动扶贫款和争取项目来了。

曹文慧当然就是很热情的了。

她离休了，门庭冷落了，有失落感也已好长时间了。她唯一的精神安慰是女婿刘玉霄在她身边。她对另外两个女儿一个女婿一概瞧不上眼儿，她跟玉霄说："你瞧那一个个的德行，小痞子似的，什么打扮儿！那个头发，还现代派呢！现代他娘个×呀！"

玉霄笑笑："您这是代沟儿呢！"

她对已经到了结婚年龄但仍未找对象的肖三特别不顺眼儿："她整天晃啊晃的，想干什么？这是个危险人物定了，说不定什么时候，她就会做出点让你吃惊的举动来！"

玉霄说："她不是正读研究生嘛！"

"烟酒生吧！"

而肖三则与肖蒙夫妇结成了统一战线："整个地来了个大颠倒，好像刘玉霄是她亲生的，而我们不是一样。"

"更年期啊这是！"

"妈妈和大姐夫是咱们家的常委呢！一切都要他两个研究决定之后才向我们公布呢！"

"可不？"

肖三有一次对刘玉霄说："你才危险啊，你把这个家整个地占领了，整天大公鸡似的在这个家里走来走去，你很会讨好妈妈呀，写了一本歌颂她的小书，她整天爱不释手呢，她不知怎么待你才好呢！"

"我大公鸡似的在这个家里走来走去了吗？"

但说归说，肖三跟肖蒙并不真的跟他过不去，有事也总爱找他商量。她俩都觉得这个家还就得有这么个人走来走去。肖三对玉霄的儿子小沂也特别好，小沂每天上幼儿园都是她接送。她叫他小沂，他叫她小姨："我们都一样，都是小姨！"

"谁跟你一样啊，你是外甥狗，吃饱了就走！"

曹文慧对玉霄偏爱一些，那本小书当然就是其中的一个原因。那本小书让她觉得这一生没有白活，还有闪光和值得炫耀的地方。她对玉霄的感情就比一般的母爱还要多些东西，她把他当成了后半生的依靠和指望。

沂北县领导人注意到这是个讲究的公寓中非常宽敞的单元，六个房间。会客室朴素而又大方，特别是那用沂蒙山织锦做成的沙发巾，让他们觉得格外亲切。显得有点慌乱的曹文慧是个六十来岁的老太太，头发全白，但皱纹很浅，她的脸型依然保留着年轻时候俊美的轮廓，他们从那本小书中的描写及肖英身上都能想象得出她年轻时是何等的英武漂亮。她的气质使你想到这样一种类型：业务老太。这种老太既不同于马列主义老太太，也不同于夫贵妻荣或儿贵母荣的几品夫人。她们先前有某种专长，在某个部门掌过实权，知道要干成某件事须经过什么程序，办什么手续，盖多少公章，关键在哪里；也喜欢看文件，但往往仅对文件中的数字感兴趣；喜欢管闲事，但绝不空发议论，要么不管要管就管到底，且管得很有章法；当然还喜欢听点好话，摆摆老资格什么的。

沂北县领导人仿佛做过调查似的，知道怎样讨好这位老太太。当然就要先谈那本小书及其女婿：那本小书在沂蒙山怎样家喻户晓，人人皆知，像专门组织了传达一样；想不到我们县还出了这么个人才，他可真会写材料，怎么写的来，那么长……还要管她叫大姐，"沂蒙人民怀念您啊曹大姐！"

就把曹文慧抚慰得很舒坦，笑嘻嘻的："那是小说，有虚构的成分在里面！"尚县长后来说，她的口音基本上是沂蒙山方言，差别只在于多了个"在里面"，"有虚构的成分"就行了，她还要加个"在里面"。

　　当曹文慧明白了沂北县领导人想要扶贫款的来意后，即摸起电话，要到了一位先前名字经常见报而近几年很少露面的领导同志家里，把沂北县的情况简单说了说："什么？一百四十七个贫困县里面没有这个县？哎呀，您还不知道吗？沂蒙山人老实，有困难也不说困难，说困难也不知道到哪里说。对，是第一次来，就在我家里，我身体很好，血压不高，哎呀，可不是当年的那个小曹了，老了，好，您定吧！"

　　曹文慧打完电话，跟那几个惶恐得嘴还张着的沂北县领导人说："住下了吧？"

　　"住下了！"

　　"林老答应安排一下，亲自听听你们的汇报！"

　　"那可太好了！"

　　那几个人汇报的结果是：戴帽儿拨到省里六十万，先解决六个乡的人畜用水问题。

　　转年，曹文慧又找门路替他们争取到了一笔联合国的外援，搞了一个旨在解决沂河沿岸三县人畜用水和灌溉问题的三沂工程。沂北县领导人就建议地区聘请曹文慧为三沂工程的顾问。曹文慧巴不得有点事儿干，而搞水利工程又正是她的老本行，待外援项目意向书签订之后，她就去了沂蒙山。刘玉霄想跟她去来着，曹文慧不同意，说是以后再去吧，别让人家觉得这个工程是咱自己家的事儿似的，肖英在那里也不要参与。

　　肖英的担心不是多余的。曹文慧一不在家刘玉霄的处境就很尴尬。那个肖蒙倒是很老实，也不怎么给他出难题，但很抠儿。她两口子常年在家里吃饭，从来不交一分钱。她爱人小吴在一个亏损单位当仓库保管员，年轻轻地也不思谋着上个电大学个习，也不学点技术改改行，就这么干燠着，整天除了发牢骚说怪话就是向玉霄打听曹文慧有多少钱。玉霄说："我怎么知道？"

　　他就说："你谦虚，你不知道谁知道？你比她自己还知道。"

　　"你干吗不直接问问她呢？"

　　"开玩笑，她看着我就恶心，我怎么敢问？估计多了没有，连同咱岳父落实政策补发的工资，四五万是有！"

　　玉霄说："我希望她有这么多！"

　　他说："如果没这么多那就有问题了，你看——"之后就一笔一笔地算。他只算她的收入，而不算她的支出。玉霄想给他指出这一点，一是碍于情面，二是想到自己爷俩儿也在这个家里吃，虽然交了钱，但你不能五十步笑百步。而且这两口子除了抠一点之外，也还比较勤快，像买粮换煤气这些事，小吴主动就干了。他还开玩笑呢："我出力，你出钱，办个义学不费难。"他当然知道他在这个家中的地位，就老巴不得玉霄能出点什么事儿。玉霄有篇小说引起过争论，他在某个刊物上看见了，就在曹文慧面前大惊小怪："这可不是闹着玩儿的呀，这个意识形态领、领域不好研究呀，白纸黑字的比处分决定还厉害呢！"就把曹文慧吓得了不得，让玉霄将所有的争鸣文章都拿来看了还是不放心，嘱咐他以后多写些反映主旋律的东西，拿给领导审查了再发表。

小吴对作家离婚之类的事也特别感兴趣，不时地就跟玉霄打听谁谁谁离婚了你知道吗？还特别宽容，说是这算不得什么事，属小节。他还总爱把玉霄和肖三往一块儿扯："姐夫搞创作，肖三搞评论，你俩算得上是相得益彰珠联什么合来着？"

肖蒙说："整个一个二百五，不会说别说，是璧合，懂吗？"

小吴就嘻嘻地说是："璧合对，珠联了还能不璧合？"

有时四个人正说着话，小吴还往往给肖蒙一个眼神儿，然后一起躲开，让玉霄跟肖三单独在一起呢，像是故意给他俩提供什么方便似的。肖三呢，也不在乎，嘴上说着小吴这家伙整个一个小市民又是心理特别阴暗什么的，可逮着机会就愈发地跟玉霄表示亲近，像单独跟玉霄去看电影啦，走在路上的时候还挎着玉霄的胳膊啦什么的，我行我素。

肖三长得很漂亮，身材很好看。肖家三姐妹一个比一个高，一个比一个漂亮。肖英和肖蒙是在沂蒙山出生的，只肖三一个生在北京。小吴说，从她们的身材上可以看出当时的生活水平。他还拿她仨跟宋氏三姐妹作比较呢，说是宋庆龄和她的姊妹们分别占着一个德、才、貌，而这姊妹仨除了大姐占着一个德字外，才貌全让肖三给占去了，没肖蒙的份儿。肖三也自我感觉良好地说是你这不还有点自知之明吗？

玉霄一直认为，肖三是个娇生惯养不拘小节有点懒和馋的女孩子。一个屋顶下住着，一个锅里摸勺子，且始终从兄长的角度来看她，他当然就比别人更容易注意她的缺点。比方她的房间她自己就很少拾掇，床上皱皱巴巴，被头一抹油垢，桌子上乱七八糟。你若在街上遇见她，你很难将她那个漂亮、高雅和潇洒的劲头儿跟她脏兮兮的被窝儿联系起来。曹文慧有一次跟玉霄说，现在每家都有这么一个，你看着她在外边儿人模狗样的小姐似的，高贵得不得了，可你到她屋里一看呢，就露馅儿了，纯是个狗窝，怎么长的来！也不脸红。她经常穿着睡衣就在家里走来走去，她说玉霄大公鸡似的在这个家里走来走去的时候，玉霄说我可是没穿着睡衣呀！她也照穿不误。她疯起来还揽着玉霄的脖子很响亮地亲那么一下呢！玉霄将她推开，"去去去！"她就说，还是作家呢，狗屁作家！

她先前对玉霄非常崇拜。她认为他是个人奋斗的典范。一个农民的儿子，只身从那样一个贫穷落后的地方出来，闯荡到现在这个样子很不容易，而他的作品也充满着智慧和才气。她大学毕业时的毕业论文就是一篇系统评论玉霄作品的作家论。她认为他是最早将笔触转向表现沂蒙山人生存状态的作家之一，始终注重一种原汁原味儿的审美追求。他有三个善于：善于到人民群众的原色生活里去发掘艺术创作的源泉，善于用平淡从容的口吻让人体味一种难言的苦涩，善于以喜剧的形式展示民众性格的弱点，还格调清新语言幽默什么的。玉霄当然就很高兴，说是："看不出疯疯癫癫的个小妮子还有点小道道哩，是你自己写的？"

肖三嗔怒地说是："瞧不起人呢，人家做了一个多月的准备，整了三个通宵才写出来，你还怀疑人家。"

玉霄就说："嗯，不错，知我者，肖三也。"

"那你得好好慰劳慰劳我！"

"那当然，请你撮一顿儿怎么样？"

"你就知道撮一顿儿，我要你来点精、精神鼓励！"

"那好，你听着：'肖三同志在写毕业论文中，积极肯干，任劳任怨，工作努力，成绩显著，特发此状以资鼓励'！"

"还没盖公章呢！"

"盖在哪儿？"

肖三将脸凑到他跟前，鼓着腮帮子："这儿！"

玉霄一高兴就在那地方亲了一口，她则像真得了奖状似的，拉着他连蹦加跳地疯了一阵儿。完了，说是："你刚才管我叫什么？"

"肖三啊！"

"不是，刚开始的时候，叫我小妮子？"

"小妮子怎么了？"

"这个叫法特有味儿，我就愿意你叫我小妮子。"

可肖三读研究生没两年，就把玉霄的作品批评得一塌糊涂，说他满脑子的农民观念、传统观念、道德观念，缺乏现代意识环境未来意识，有点幽默也是农民式的小幽默小调侃。他让她批评得心里没底了，不知写什么和怎么写了，怀疑起自己是不是搞创作的材料来了。她就领他参加各种各样的沙龙和讲座，让他长长见识，开开眼界。那些新潮人物满嘴的新意识新提法，又是符合坐标交叉点什么的，就让玉霄云里雾里，自惭形秽。他们对他的作品不甚了了，对他和肖三的关系却津津乐道。肖三有一次领他去参加一个专题讨论中国情人现象的讨论会时，一个外号离婚大师的新潮诗人就说肖三是从理论和实践的结合上解决了问题，活得多么英勇！他还赋诗一首呢："守住他，守住这折磨你灵魂的冤家，莫让肥水外流，自己慢慢地消化。"而肖三则不置可否，笑嘻嘻地说句"神经病"就算完。她仿佛要故意造成这么个效果。玉霄一会儿就出来了，肖三追出来："怎么了？"

玉霄气鼓鼓地说："这就是你的现代意识之一种？"

肖三就说他不可救药，重视现象而忽略本质，重视结果而忽略过程。

玉霄就觉得她确实是大了，有点危险了。他有一个强烈的预感，这个肖三确实是要做出点什么事情来的。果然，当曹文慧去沂蒙山不久，肖英来信报平安的时候，肖三见了说是："我看看大姐的信行吗？"

玉霄说："行，看吧！"

肖三粗粗地浏览了一眼就说："这哪是夫妻间的通信啊，简直是公函哩！"

玉霄说："老夫老妻了，哪能跟恋爱期间似的！"

"关键不在这儿！"

"在哪儿？"

"你跟我大姐之间有爱情吗？"

"这是怎么说话呢？我们怎么没有爱情？你瞧，她的照片我都随身带呢！"玉霄说着就从上衣兜儿里掏出了个夹着肖英照片的钱夹子给肖三看。肖三看也不看嘻嘻地说是："你紧张什么？爱情是不用显示的，这不说明问题。"

"怎么才能说明问题？难道我俩关系不好吗？"

"好，问题是太好了。"

"这就让人不明白了，好，还算是没有爱情？"

"你俩好得跟兄妹一样，不像是两口子，你瞧你俩的脸模样走路说话多么像！我有时甚至怀疑你跟妈妈的关系，说不定你真是她生的哩！"

"简直是胡扯，你怎么会有这种想法？"

"我说不清，总之是我觉得你跟大姐像兄妹而不像是夫妻，你的小说里不也写着吗？妈妈还没结婚的时候晚上搂着你，而你则含着她的奶头儿。"

"那不是小说嘛！"

"你的小说写的都是真事儿，你不怎么会虚构，听说大姐小时候，妈妈没奶，你背着她这家那家的让人家轮着喂奶。"

"我忘了，也许有这事儿，可这能说明什么？"

"妈妈始终把你当作长子看待，姐姐呢，则始终把你当作兄长看待，你们都没有冲破这种道德观念的笼罩，而错把亲情友情当成了爱情。"

"你这是按着书本推理甚至幻想出来的。"

"你不要装作有爱情的，请问结婚之前你跟大姐正经恋爱过吗？你们拉过手接过吻吗？"

"这个怎么能告诉你，两口子的事情跟你啰啰什么！"

"你不要回避，只回答是或者不是！"

"拉过手，没接过吻！"

"更没有进一步的举动了？"

"你这不像一个姑娘应该问的话！"

"我们只是作为问、问题来探讨，你们拉手的时候是恋人之间的那种感觉吗？"

"那当然！"

"既然是，那就不会只是拉拉手就算完，你当时觉得大姐美吗？"

"不是很美，但比较美。"

"如果她不是曹文慧的女儿，你会跟她结婚吗？"

"没有这种如果！"

"你若不跟她结婚，是不是觉得对不起妈妈？是不是不忍心不跟大姐结婚？"

"没想过！"

"你现在想，狠劲儿想，仔细想！"

"我不跟你瞎啰啰儿，你这是以假乱真，诱使别人按着你的思路想。"

肖三笑笑说："难道这不是事实？你是不是看重结婚的意义而忽

略了结婚的本身?"

"我不懂你是什么意思!"

"如果撇开其他因素,只是单独的你们两个自然的人相遇,你俩会相爱吗?"

"没有什么纯粹的自然的人。"

"如果妈妈不是司局级你会爱我大姐吗?"

"我俩好的时候,你们家正在遭难,我俩订婚的时候,妈妈才刚刚解放。"

"你当时是不是在完成玉贞大姐交给你的任务?不这样做玉贞大姐就会骂你不仁义?"

"我从没把结婚仅仅当作一个任务来完成,妈妈和我大姐当时只是一句玩笑话,后来相处觉得还不错,而后就恋爱结婚,这不是很自然的事吗?"

"你觉得幸福吗?"

"比较幸福!"

"是跟大姐结婚幸福,还是在这个家庭里生活幸福?"

"兼而有之!"

"我看你主要是作为曹文慧的女婿幸福,就像钱钟书的《围城》,外边儿的人想进来,里边儿的人想出去,你是作为进来者的那种幸福。"

"这么说你想出去了。"

"是的,这是一个让人说不出什么味儿来的城堡,你就是一个自觉的卫士。"

"有这么严重吗?"

"有,我有时觉得你也很可怜啊,我问了你这么多话,你始终在回避你自己的感觉,自己的感情,你不是个好作家定了,好好想想吧您哪,仔细想,狠劲儿想!"

这真是个危险的话题,不想还没事儿,一想就觉得这个小妮子观察得挺仔细,分析得还有点小道理。玉霄不想也不行了,越是克制住不想,就越想,像有根线牵着似的。他想起了他和肖英的第一次拉手。

他两个订婚的时候,玉贞领着两人上完了坟,在附近的小山上转了转。天气很好,杨柳吐绿,杏花正开,尚未开花或发芽的桃树柿子树也已含苞待放枝条青青,嫩绿的小草在枯草间探头探脑,偶尔有两只蝴蝶在跃跃欲飞……正是踏青的好时光，可玉贞始终在旁边儿陪着。玉霄回家三天，不是迎来送往说话拉呱，就是陪着曹文慧这家那家地转，一直没跟肖英单独相处过，此时就巴不得跟肖英单独待一会儿。他示意大姐先回去，玉贞即将他叫到一边儿说是："肖英还小，要不是表婶子可怜咱，能让这么小的闺女跟你订婚吗？你比她大好几岁，可千万别欺负她呀！"玉霄的心绪就一下让她破坏了不少。肖英那年十九，个子不高，胸脯平平，仍是中学生的打扮儿，看上去就更小。玉贞走了之后，她问玉霄："刚才大姐跟你说什么？"

"让我别欺负你呗！"

肖英就笑了，说大姐真好，老母鸡似的，总爱把弱弱的小鸡搂在她的翅膀底下保护起来，"你能怎么欺负我呢？"

"无非是不让我动你呗！"

"我又不是纸糊的！"肖英说着就牵起他的手向山上爬去。她对他小时候的事比他自己还熟悉，她说他小时候骂人骂得还怪花花哩，还骂人家小×妮子。玉霄说我这样骂过吗？肖英就说你骂了，连玉贞姐都说你这样骂过呢。她知道的钓鱼台的故事比他知道的还多，她说刘乃厚当了一年的大队革委会主任，把他岳父斗得不轻。玉华大哥特别能啰啰儿，还写诗呢，又是集体劳动好，有人来做证，若再把盗失，找咱可不行什么的。她喋喋不休地说这说那的时候，玉霄就觉得她有点可爱了。她走着走着，还踮个步跳那么一下呢。她不跳的时候就挽着他的胳膊。玉霄抚摸着她的手就有点小激动。他刚要拥抱她一下，刘乃厚家那个兔唇儿出现了，他肯定是一直不即不离地跟着他们来着。他怒冲冲地窜到玉霄跟前六亲不认地说："你是哪个单、单位的？你站住，站好！"

肖英愣怔了一下，继而咯咯地笑着说："这是你玉霄爷爷呀，他是海军呢！"

"什么思、思想！整个一个资产阶级，简直是给解放军脸上抹黑呀！"

这个兔崽子八成受肖英的影响，也会说整个一个了。玉霄的兴致就让他彻底破坏了。

此后他们当然也有单独相处的机会，但玉霄的心理障碍太多。一个从那样的小山村出来的孩子，找了这么个北京姑娘做老婆，玉霄当然是很滋润呀，他的感情完全陷在了对曹文慧的感恩戴德中。加之当时的气候就是那个样子，所有恋人间的正常举动都会被认为是不正经，在他，就更认为是对曹文慧的不敬和亵渎，他确实也就没存半点非分之想。肖英几次回北京，两人一块儿上街胳膊也挽着，但那仅仅是怕挤丢了或是肖英大方自然的举动，并不是情欲的觉醒，她是个发育很晚的人。

两人结婚之后，他发现肖英性格比较执拗，有点男性化的倾向；喜欢引用级别比她高的领导同志的话："今天尚县长来了，转了半天就说了一句话：这个地瓜套种一定要解决，怎么就不能在地瓜沟里套种玉米呢？这个事儿得好好落实。"她工作还缺乏条理性，一样的事儿，她办起来就显得格外忙、格外累，给你一个"心眼儿不错但心慌意乱"的感觉。她当然就不善家务，她那个小厨房永远让你插不进脚去，所有的锅碗瓢盆儿她都那么当地儿摆着。玉霄说过她几次："如果一件东西是由两部分组成的，你肯定要把这两部分分开放着，比方油瓶的盖儿，你倒了油就不会顺手把盖儿盖上！"她就说你行了行了，我忙你看不见吗？还粗心，她不时地就将钥匙丢了或锁到屋里了。类似的小事情说起来当然很小，不值得一说，但却让你恼火。而每当这时候，他确实也就想到了曹文慧，看着她的面子，算了……这样想过之后，玉霄就觉得肖三这个妮子真厉害！要命的是她太美，不光美还魅。她穿着睡衣走来走去的时候，她那光洁丰腴的腿和那时隐时现的饱满而坚挺的双乳，真让人眼花缭乱；她那亦娇亦嗔的神情和种种明显的暗示，更是撩人心魄。玉霄偶尔想起那位新潮诗人说的"莫让肥水外流"的话真想不负责任一下，可他面前横着一座不可逾越的大山：曹文慧。

肖三对此当然是明察秋毫洞若观火了，她在锲而不舍地挖山不止，还引经据典举例说明什么的。她确实就是想从理论和实践的结合上解决问题。玉霄当然也不是神仙或有病。当她再一次明白无误地要他挣脱掉幸福的枷锁、尝一点真正爱情的味道、玉霄叹息一声"你是要把我放到炉火上烤啊"的时候，她终于扑到他的怀里了，她发烧说胡话似的喃喃着："就是要烤你、烧你，烧死你！"……

就把刘玉霄这个东西给吓跑了，他跑回沂蒙山去了。

曹文慧这一辈子注定要跟沂蒙山连在一起了。她像一棵老树被挪到了水土不服的地方又挪回来了似的，很快就恢复了元气，养足了精神，伺机发芽抽枝绽出新花。玉霄从北京跑回沂蒙山就发现她脸色红润，神情舒展，身板硬朗，仿佛一下年轻了许多。他百思不得其解，这块穷瘠的土地对她真的如此重要吗？真如她所说的是喝了沂河水的缘故吗？抑或是沂河岸边的树行里留有她青春的身影，钓鱼台的一草一木给她以美好的回忆？或者干脆就是肖三说的她喜欢充当救世主的角色，品尝人民爱戴的乐趣？不好研究的，嗯。

曹文慧有一次问玉霄："你知道这条河为什么叫沂河吗？"

玉霄说："是不是这地方一直缺水，龙王爷只允许这条河按每人每天三斤水的流量淌，这么三斤三斤的叫久了，就叫成沂河了？"

曹文慧说："那只是一种传说，实际上这条河应该叫姨河，不知怎么写着写着就写成了沂河，我看还是写成姨河有色彩、有感情，黄河也叫母亲河不是？你只要喝了她的水，你就会生些亲情友情恋情出来，甚至生出一种负疚感，让你永远忘不掉她，永远觉得对不起她。"

玉霄问她："您这种说法有记载吗？"

曹文慧说："所有的记载都是人写的，你写出来不就是记载吗？"

玉霄就很受震动，想不到这样一个业务老太对沂河竟会有这样一种富有人情味儿的解释，她对沂蒙山的适应、迷恋、痴情就是融化在血液中的了。

曹文慧此次作为三沂工程的顾问，重返沂蒙山之后，当然就先去看了沂河。

那条河确实就干涸了。

你无法想象这样一条美丽的河怎么就会变得如此丑陋，像一条袒露着肚皮的死蛇，黄一块、黑一块，偶尔还有一两洼互不相关的死水，在有气无力地等待着消失。但有风，风代替了水，在河床上自由自在地漫卷着，肆虐着，不时地有几股黄风夹着枯草败叶在横冲直撞。

钓鱼台那个外号叫杨大学问的神经病杨尚文在那个春天的早晨从紧挨着河堤的那间只能横卧不能竖坐的窝棚里爬出来的时候，就看见不远处的小山岗上一位满头白发的老太太迎风而立。她的白发连同她银灰色风衣飘逸起来，而身子则一动不动，雕塑一般。他猛然就喊了一声："死——啊——惨！"他的声音颤抖，余味悠长，听起来惊心动魄。

曹文慧看了他一眼，但并不怎样的惊奇，她向他走去。

神经病杨尚文是清朝最末一批进士。曹文慧近四十年前在钓鱼台办识字班认识他的时候就觉得他已经很老了，算起来他该有一百岁了，竟然还活着。她认识惨这个字并知道它是什么玩意儿，就是跟他学的。她听说他有学问，想请他当识字班的老师来着，就在沂河的沙滩上找到了他。他留着辫子，稀稀拉拉的几根黄胡子，脸很长，一边的嘴角斜吊着，骄傲自满似的。他正在那里用一根棍子写糁这个字，从蝇头小楷到大幅巨字都有，一个个的全是颜体书风，不管你懂不懂得书法，你都会从不同角度觉得那不是一般的好。他问她："认识吗？"

曹文慧摇了摇头："不认识！"

"念 sá，这样读：死——啊——糁！"

她对他这种读法就很吃惊。

"知道是什么东西吗？"

"不知道！"

"糁，取牛、羊、豕之肉，小切之，合稻米。稻米二，肉一，合以为饵，煎之。苏东坡有诗赞道：香似龙涎仍釅白，味如牛乳更全清。莫将北海金齑鲙，轻比东坡玉糁羹。"

她就知道那是一种好吃的东西。

可他就会写这一个字，别的字是一概不会写，也不认识。

曹文慧有好长时间闹不明白这么一个有学问的人为何单单就会写这一个字。后来她从刘玉贞的爹那里才知道是让日本鬼子给打的。

杨尚文嘿嘿着候着曹文慧。曹文慧走近他问道："还认识我吗杨大爷？"

"面是有点熟啊，怎么想不起来了呢？"

"我是曹文慧啊。"

"啊——"他像刚要回忆起来，一激动却就赶上了糊涂的那一阵儿，一边的嘴角斜吊起来："死——啊——"

曹文慧对他这毛病当然就很熟悉，不以为怪。她注意到那窝棚檐下的矮墙上依然滴里嘟噜，他所有的家当都在那上面挂着：铲子、勺子、筐子、辣椒串子……

她问他："大爷高寿了？"

"记不准了，好几十了吧！"

"身体怎么样？"

"好、好！"他确实就耳不聋眼不花背也不驼。

"能让我看看您吃的是什么吗？"

"看吧。"

曹文慧掀开那窝棚头儿上用两块石头支着的小耳锅就愣住了：你永

远想象不出世界上竟会有这种食物！那是半锅地瓜面儿加蛤蟆肉煮的糊粥，又黑又白，又甜又腥，你看过之后是要命也不想尝半口的。这就是他终生不忘、别的什么都可以不记得唯有这个能记得的糁吗？

她快快地就离开了。

回到家她问肖英："那个杨尚文村里就不管？"

"怎么不管，他非要那么吃住有啥办法！"

曹文慧唉了一声："吃那样的东西竟然还能长寿！"

肖英就说："关键是他不动脑子，有点神经病的人一般都能长寿！"

"什么逻辑！"

曹文慧来钓鱼台当然又是一番小轰动。刘玉贞、刘曰庆、刘乃厚等老人们自不必说，穿梭般地你来我往地去看她。连刘玉华、韩富裕也有点小兴奋，这个说，这回够县里的头头儿喝一壶的了，把个好好的沂河糟蹋成什么样子！简直是破坏生态平衡啊。那个说，是得好好撸撸这些婊子儿的，撤他仨俩的职务跟碾死个蚂蚁差不多。钓鱼台人看重级别，崇尚大官儿，一般都认为大官儿下来总要撸小官儿们一家伙。刘玉华还向曹文慧告县委的状呢，说是那些东西净搞形式主义，你那里冒出个万元户，他这里就七拼八凑地凑，根本不讲个实事求是。刘乃厚家那个兔唇儿则自告奋勇要给曹文慧当警卫员，说是"安全问题很重要，不可掉、掉以轻心"。曹文慧就笑了，说是我一个离休的老太太要什么警卫员。

沂北县领导人起初以为那个旨在解决沂河沿岸三县人畜用水和灌溉问题的三沂工程很简单，钱一到手、水利部门那么一抓，打上几眼深水井，将责任制之后被破坏的水利设施一恢复就行了。曹文慧来到之后，他们就重点跟她啰啰沂北县发展旅游事业的潜力和优势，拉她去看牛郎庙、孟良崮和一组未开发的溶洞群。说是山东有一山一水一圣人，还有沂北的溶洞群，是得天独厚呢，嗯。曹文慧开始懵懵懂懂，以为拉她这里那里地看是让她旧地重游，激起故土之情，是招待她的一种规格。她去看了那组溶洞群之后觉得确实不错，是北方很少见的一种特殊的岩层结构。那些奇形怪状的钟乳岩、滴水岩、石笋石柱什么的，你说什么就像什么，神话传说随便编。她顺口说了一句："嗯，是很有开发价值。"而后他们就翻来覆去地引用，她开始警惕起来：他们是想从三沂工程的资金中抠出一点来开发那些溶洞吗？而这绝对不可能。她跟他们解释，最近那个专家组就要来看的，看了之后要你拿出每一步的治理方案，而后再根据工程预算分期拨款，三年之内完成，完了还要通过卫星检测验收。让曹文慧高兴和放心的是沂北县领导人都很听话，她说什么他们就信什么。那个尚县长说是："好家伙，还通过卫星验收？这么说咱干什么事儿人家都能看见了？怪不得这些年没听说往大陆派特务了呢，敢情是通过这玩意儿呀！"

有的就说："卫星拍地球上的照片连眉毛胡子都看得清清楚楚呢，谁也甭想糊弄洋鬼子！"

尚县长问曹文慧："他们搞得这么复杂干吗呀？又要每一步的治理方案，又要卫星验收什么的？"

曹文慧说："他们是担心不能专款专用，据说他们在别的地方有教训，钱拨出去后让些贪官污吏给侵吞了，没用到老百姓身上。"

尚县长就说："他们不相信咱们的社会制度呀这是！"

"所以呀，专家组来了之后，你们无论如何不要领他们去看什么溶洞，你们那点小意图人家一眼就能看出来，连水都吃不上，还发展什么旅游事业？"

尚县长说："那是那是，我看不仅不领他们看溶洞，还要适当布置一下哩，跟沂河沿岸各村打个招呼，那些家里比较阔气的，什么电视机啦收音机啦都藏起来，别搁那里臭摆阔，显得不穷似的。电视机的插座也要拔，你不拔说明有插那东西的玩意儿。"

有人问他："缝纫机藏不藏？"

尚县长说："缝纫机就算了，生活必需品嘛，嗯。"

一时间沂河沿岸各村都动起来了。刘玉霄从北京回钓鱼台的时候，村里有电视机收音机的人家就正忙着藏。

刘乃厚说："咱就不用藏，到时候让他到咱家看看，看看有没有真实性儿。"

杨大学问在河滩上咋呼："死——啊——"

那个专家组的组长原来是由北京某大学的一名德国籍教授兼任的，叫德克汉斯，说一口流利的普通话。曹文慧忘记了先前与他在什么场合有过一面之交，这次在沂蒙山相遇，他还将她认出来了。他听尚县长介绍曹文慧当年在沂蒙山战斗过，此次又作为三沂工程的顾问继续为沂蒙山做贡献，非常钦佩，说她是一个好的山地女战士。

专家组在沂北县住了一夜。尚县长向他们表示歉意，说是条件不好，招待不周什么的。德克汉斯说很好很好，宴席上那个小动物给他留下了很深的印象。尚县长不解："小动物？什么小动物？"

德克汉斯说："全蝎呀！这里的蝎子比别的地方还多两条腿儿不是？"

晚上，尚县长安排广播站的人给他们放录像看，问他们看武打片还是看生活片，德克汉斯说是看《地雷战》《地道战》也行，只要是打日本鬼子的什么都行。尚县长就大惑不解，他想不到德国人还会有这种感情。

曹文慧陪他们在沂河沿岸三县考察了六天，彼此熟悉之后，她才知道这个德克汉斯竟是抗日战争时期牺牲在沂蒙山现仍然安葬在临沂烈士陵园的国际共产主义战士汉斯·希伯的儿子。此次外援之所以争取得如此顺利，就是他在中间起了作用。他说他小时候曾随母亲来过沂蒙山，在他父亲牺牲的地方转了一圈儿。他来中国工作以后，每年都要来这儿给父亲扫墓。他爱人就是一个唱沂蒙山民歌一度很有名气的中国姑娘。他说着拿出全家的照片指给曹文慧看，那是个纯朴俊美的姑娘，穿着连国内也很少见了的那种带大襟儿的印花布褂子，一看就让人喜欢。曹文慧让他下次来的时候带她回来走走娘家，德克汉斯就说一定的一定的，她在巴伐利亚办了个中国工艺品商店，经常小蜜蜂似的飞来飞去。

曹文慧将这事儿说给刘玉霄听的时候，玉霄就又受了一次震动，沂蒙山还是有些魅力呀！

肖英发现玉霄这次回来比先前勤谨了许多，神情有点小忧郁，也不说她"心眼儿不错但心慌意乱"什么的了。她问他："怎么了，是犯错误了，还是做了对不起我的事？怎么玩儿起忏悔来了？"

他说是："胡啰啰儿呢，我是看着你跟妈妈风尘仆仆地为我家乡实实在在地做贡献，心里怪愧得慌！"

"你拉倒吧，还风尘仆仆呢，别跟我来这一套！"

"真的，再说我在那里确实日子也不怎么好过，领导上老强调部队作家要反映部队，可我翻来覆去地就会写点沂蒙山的东西，别的怎么也写不来……"

"那就回来呀，我早就说过你创作的根在沂蒙山，离开沂蒙山你什么也写不了，现在才有体会呀？作为一个部队作家当然要反映部队，叫我当领导我也得这么要求，要不，养着你们白吃干饭呀？"

"真要回来还真有点儿舍不得！"

"这话我说还差不多，你说就几乎没资格，北京是你的吗？不是。你老婆孩子的户口在那里吗？没有。你只不过在那里当过几年兵就是了，在北京当兵的多了去了，当过几天兵就留那儿，那北京就没别的人了。你们写东西的时候怪深刻，又是别人的城市，又是城市孤独什么的，怎么轮到自己头上就舍不得了呢？"

玉霄就说："既然你都这样想，那我有啥可说的？回来就是了，就不知妈妈同意不同意？"

"她的心思你还不知道？总是顺着你，怕委屈着你，你自己要回来，她能不支持？她这么为家乡拼着命地干，也为你回来铺好了路。再说咱们年龄都不小了，确实也该安顿下来了，你要担心这里的教学质量，让小沂在北京上学也行。"

玉霄说："那就这么定了，今年是不行了，转业干部的名单已经公布了，明年我早打报告！"

"你真的没做对不起我的事儿？"

"这也是我要回来的原因之一，你既然老这么不放心，那就干脆让你整天守着。"

肖英笑笑说是："谅你也不敢，那句话怎么说来着？叫'好酒无量，好色无胆'是不是？"

这中间，肖三就靠肖一雄先前那复杂的社会关系中的一个考了托福。待玉霄跟曹文慧回北京送她的时候，她找机会跟玉霄说："你确实是不可救药了，但你要好好锻炼身体，我也好好锻炼，你们村那个长寿的杨进士给我一个启示，人的生命如同跑马拉松一样，也是有极限的，过了那个极限就是自由王国了，我们都争取活到那个王国，而后再自由。现在我请你叫我一声！"

"叫什么？"

"叫小妮子！"

他怯怯地叫了一声，她则学着红楼梦："你这个……"她的声音颤抖，脸色血红，豆大的泪珠从她那美丽的眼睛里淌出来，带着响声似的滚落下来。她的神情连同她那番关于好好锻炼身体的话，就让玉霄一阵战栗，心里生出莫名的恐惧。

转年沂北县换届选举的时候，肖英还真当了副县长。刘玉霄趁海军创作室改为文职的机会也转业了，沂北县很快就成立了文联，让他做文联主席。玉霄有点过意不去，觉得一个小县还成立文联，跟专门儿为他设的似的，就暗下决心好好干一番，决不白吃干饭。

这时候那个三沂工程也竣工了，沂河沿岸三县分别庆祝了一番。钓鱼台人看重礼仪喜欢热闹，少不得又单独庆祝了一下，还把曹文慧、肖英和刘玉霄给请来了，敲锣打鼓放鞭炮，扭大秧歌踩高跷，过节似的。这种场合自然就少不了刘玉贞、刘曰庆、刘乃厚、刘玉华他们。刘玉贞照旧从衣襟底下掏出烟卷儿让肖英散，刘曰庆跟曹文慧啰啰儿"那年我去北京开劳模会到你家串门儿，肖英才这么点儿呢，如今都当县长了。那回你领我去逛动物园你还想着吧？有个狗熊还给我打敬礼呢，咱寻思虽然当上了劳模，可也不能骄傲自满，就给它还了个礼，这一还礼不要紧，它还要过来跟我握手呢，好家伙……"曹文慧隐约地记得她领他逛动物园，却怎么也想不起狗熊给他打敬礼，她就对肖英说："你曰庆大叔的话你听到了吗？他是提醒你不要骄傲自满呢！"肖英笑嘻嘻地说是："大叔经常给我提醒儿是吧？"

刘玉华赋诗一首："三沂工程实在好，从此吃水不愁了。国际援助有功劳，还靠表姊文慧曹。"

曹文慧哈哈地笑着说是："胡啰啰儿呢！"

孩子们在争抢着落在地上的未响过的鞭炮，锣鼓还在敲着，刘乃厚转转悠悠地又是一嗓子："别敲了，都别敲了，刘乃武，说你呢，不让你敲嘛你还敲，年纪也不小了，也别说话了，统统给我跪下，感谢姥娘曹文慧！"他说着就率先跪下了，随后呼啦跪倒了一片，把曹文慧给吓愣了。她马上把前排的几个扶起来，眼泪汪汪地说是："你们这是干什么啊乡亲们哪？咱这里的人什么都好，就是动不动就下跪不好，站起来，都给我站起来！"

刘玉霄心里也热乎乎的，他一下明白了些曹文慧母女所说的"沂蒙山是块让人负疚的土地，你只要跟它一沾边儿，就永远忘不掉它，永远觉得对不起它"的话，他心里喊着，快起来吧我本乡本土的乡亲们哪，你们不起来我可要匍匐在你们的面前了，应该跪下的是我呀！

人们就都起来了。

尔后，曹文慧要么北京，要么沂蒙山地就这么跑着。她跑来跑去，忙忙碌碌，不太容易在一个地方安静得住，仿佛要驱赶掉心里的什么。

第二章　东北故事

　　一年四季中，我比较喜欢冬天，那种多雪的冬天。一个长年生活在有火炉之称的城市里边的人，你没办法不让他喜欢冬天。我来城市生活已近十年，却仍然缺乏老城市人的那种耐高温能力，过一个夏天就如生一场大病似的，很可怕。当然喽，你倒可以安安空调或装装风扇什么的，但我们的城市严重缺电，安了空调等于没安，而风扇根本就解决不了问题。这时候我会望梅止渴、思冷止热，想一些冬天的话题和东北的故事。

　　而且，我也确实有一段在东北生活的经历。我全部关于东北的回忆，确实也都与雪有关，很少想到不下雪的时候那里是怎么回事儿。东北的雪是真正的雪，真正是千里冰封万里雪飘望长城内外唯余莽莽大河上下顿失滔滔山舞银蛇原驰蜡象那一套，有大家风范；且干净利落，既绵软又刚劲，踩上去嘎嘣响。不像关内的雪，小家子气兮兮的，软不拉塌，一出太阳就化了，有时甚至不等落地就化了，半阴不阳，拖泥带水，让你很腻歪。

　　我对东北的冬天有感情，这与我在那年冬天里的美丽经历也有关。那个冬天里若不是有纪律约束着，我还几乎把爱情来产生。那是两个漂亮、修长、丰腴、温暖的女同、同志。我在当时那个年龄段，特别看重女孩子的温暖。你可能漂亮，却不一定温暖，而她们温暖。那个下雪的冬日里，我们在生产队的饲养棚里铡马草。铡马草这个活，最容易让男女青年沟通思想加深感情了。你这里续着干草，她那里一起一落地摁铡刀，脸儿红红，辫子飞舞，草屑飞扬；要命的是她还跟你嘻嘻哈哈地说着一个当地非常流行的谜底是铡草而谜面有点荤的谜语让你猜，听上去还有点双关语的意味儿，那是一种什么气氛？你怎能不觉得铡马草是全世界最美丽的活儿？在那个冬天的雪地上，咱还与一位女战士有过一次愉快的行走和打雪仗，你这里还有点小拘束，她那里却要温暖温暖你，你做何感想？怎能不把那爱情来产生……当然喽，冬天也的确是个容易有戏的季节，所以我的小说大部分都是冬天的故事。这篇也是。

还是让我从头说起——

一

具体是哪一年来着忘记了，总之是那年整个一个冬天，我独自在辽西一个偏僻的小山村搞"斗批改"就是了。具体斗什么批什么改什么记不太清了，但肯定与清理阶级队伍有关。——我当时参军不久，在一个连队里面干文书，属于有培养前途的骨干分子。

我在正式下到那个小山村之前，曾在公社集训了两天。从署着"秘密文件"的社情通报上看，该村不大，人员却挺复杂，主要的翟、杨两大家族中，各有一些地、富、反、坏、还乡团、胡子、会道门儿等分子。我们那个片儿的"片儿长"还拿出几封人民来信给我看，都是检举对方（姓翟的检举姓杨的，姓杨的检举姓翟的）的某某某抽大烟、呷吗啡或搞女人等问题的。看过之后，即有两点深刻印象：一是这场运动不搞不行，搞了也不是哪一个人的问题，而是群众有这个要求；这样的人民来信多了，你不查一查或搞个什么运动还真不好交代。——当然，这是我当时的一个错误认识，现在顺便说一下，也是因为我思想上的弯子早就转过来了。二是该村庙小神灵大，池浅王八多，要提高警惕。

片儿长姓顾，原是我们部队某个业务处的副处长，据说是某名牌大学毕业的，曾犯过单纯业务观点和陈世美性质的错误，属"挂起来"的那种干部。——当时对犯了错误还没做结论、即使做结论也不够"牛鬼蛇神"的，都是这种叫法。我们背后就都管他叫顾老挂。他三十五六岁，个子很高，背有点驼，喜欢说"好的"和"比较好"。我先前听到过他的许多传说，只是不曾对上号。说他刚入伍的时候，代理过一段副连长，工作非常认真，晚上做梦都下口令：立正、稍息、向右看齐那一套。后来不知怎么就成了老滑头，有一次有位同志的父亲病危，来电报让那同志回去，那人找他请假，说收到封电报，他说好的；我父亲病危了，他说比较好；我请假，好的；十天半月的回不来，比较好的。那同志生了气，且知这人是老滑头，一贯不负责任的个主儿，二十天的假，在家住了一个月，回来之后也没事儿，超了白超。如今一对号，却觉得他非但不像老滑头，而且还不苟言笑。"三支两军"一开始他就来了,接着又是"斗批改",有一整套农村工作的经验。他向我们交代注意事项的时候,就特别强调既要与群众同吃、同住、同劳动,又不能盲目学雷锋。比方我们解放军无论走到哪里都喜欢给人挑水扫院子,你看着个老太太在那里费劲巴力地扫大街,你寻思她那么大年纪了不容易,帮着她扫扫吧,错了!她恰恰就是个"四类分子"呢?那就要犯立场错误,这方面的教训不少啊,嗯;在暂时还没弄清阶级阵线之前,你们下去之后,最好住到知青点上去;知识青年都是好的和比较好的,当然也有个别出身不好的,但不在清理之列,具体工作起来,当然还要依靠村里的党组织,不要包办代替,啊。

顾老挂向我们介绍情况的时候,旁边儿就有个女兵给他倒水。那人我也认识,叫薛白,先前在机关做保密员,我去领取或上缴带密级的文件的时候就找她。她比我早当兵三年,很漂亮、很严谨的个女同志。从部队一些积极要求进步的人都争着参加"斗批改"上看,此次任务一完,她肯定能提干。顾老挂向我们介绍说,她现在做联络员的工作,在片儿上负责出简报及上情下达或下情上传诸事宜,并要我们以后跟她多联系。噢,那次我还跟她有过单独的接触哩,我曾问过她,有封人民来信上说某人呷吗啡的问题是怎么个事儿?她接过信看了看,说是她也不知道,从跟抽大烟一起反映上看,估计与抽大烟有关,也在被禁之列。我遂以为然。

我下去的那个小山村离公社八里地,叫翠云岭。我背着背包一个人走在能跑得开拖拉机的公路上,环视四周,有似曾相识之感,跟我家乡的山水差不离儿。你觉得造物主也没多少道道儿,翻来覆去地就是那一套。同时也生出点小野心,争取弄点成绩出来,以实际行动要求入党,进而再当它个小排长。

我到大队革委会报到的时候,一个正蹲在地上烧开水的老头儿接待了我。一问,还是贫协主席,形象跟《暴风骤雨》里边赶马车的那个老孙头儿差不多,他要我管他叫杨老疙瘩。说起话来,我即知道大队革委会的主任副主任原是两派的头儿,是大联合的时候硬捏合成块儿的,实际上根本坐不到一起去。而所谓的两派其实就是翟、杨两个家族,一姓一派。一清理阶级队伍,就光清理对方的。如今在村里主事儿的还就是这个杨老疙瘩。他即建议我不要住到知青点上去,一是不便于照顾,二是那帮知青也分成了两派,乱哄哄的,你住在那里整天甭干别的,就给他们拉架好了:"前天,那个小于还偷翟怀三家的豆秸烧炕，让人家找上门儿去。当然那个翟怀三也不是什么好东西，是乱搞男女关系让公家单位给开回来的，可搞阶级斗争不能用这种手段对不对？总得讲究个策略性嘛，是吧？"

哎，你听着就觉得这人还有点小水平，不偏不倚，有点文化似的。但我主意已定，执意要住到知青点上去，就说："正因为乱哄哄的才住到那里帮着他们抓抓管理呀，在大队部住也不便于联系群众不是？先住一段看看，不行再搬过来好吧？"

"那我通知小曲一声，让她先打扫打扫卫生。"

我说："别价，我又不是来检查工作看一眼就走，他们平时怎么住我就怎么住。"

这么的，他即领我去了。路上，他告诉我，这一茬儿知青中还就是这个小曲不错，有礼有貌，有板有眼，一点也不娇气，干啥像啥，她在学校里的时候就是团支部书记，现在当点长。我则告诉他，我若不出来当兵，也是个回乡知青。他笑笑："怪不得呢！敢情有共同语言啊！"

知青点上八个人，三男五女，住在借来的一套房子里。格局就是一般东北住家的格局，五间，中间是过道兼厨房，两头儿各是两间，一头儿住男的，一头儿住女的。他们见到我都挺热情，像接待共同的客人或同学似的。一个男知青将我的背包接过去，对杨老疙瘩说，解放军住这儿，晚上我们这边儿也该烧烧炕了吧？杨老疙瘩说，好，烧、烧。原来队上规定，晚上只烧女知青那边儿的炕，男的这边儿不烧。说话的时候，就都聚到女的那边儿。一问，年龄还都比我小，最大的是女小曲，"文革"开始那年上高二；最小的是偷人家豆秸的那个男小于，初一。其余的就都在初二与高一之间徘徊，十七八、小二十的样子。而我是正经八百的老三届，"文革"开始那年高中毕业。论完了年龄，他们就都管我叫柳大哥，咱也以兄长自居，涌起了一种要好好爱护他们的责任感。

按规定，我在那里该吃派饭的，拣着贫下中农挨家吃，一家一天。但知青们不让我走，说是哪家的生活也好不到哪里去，且不讲卫生，再说你来是搞阶级斗争的，一些暗藏的阶级敌人看着你要将他"斗批改"往饭里给你掺上点老鼠药那就麻烦，干脆在这里吃得了，饭是差点儿，但吃着放心。我寻思也有道理，就在那里吃了。饭是苞米饼子就酸菜豆腐，油水很少。我暗自决定，赶明儿用我的军用粮票买点细粮和豆油回来，犒劳犒劳弟兄们。

吃饭的时候，我就知道他们各自的姓氏了。三个男的分别是小李、小翟、小于；五个女的则是小曲、小徐、小岳、小俞、小谢。

晚饭后，我召集他们开了个小会，将我的来意和工作步骤跟他们说了说，特别强调我们都是来自五湖四海、见了你们总觉得格外亲、我这次来就靠你们了之类，他们一个个就都眼泪汪汪的，像听从家长或兄长的训示似的，露出亲情般的庄重和顺从。沉默了一会儿，女小曲说，柳大哥信任咱不拿咱当外人，咱也不能给柳大哥添乱；还要注意保密，一起商量个什么事儿，别出去瞎传，"小于，你以后少干那些偷鸡摸狗的事儿，动不动就让人家找上门儿来，弄得咱知青点声誉不好"。

男小于脸红了一下，说是："你就瞧好儿吧，从今后，我要不听你和柳大哥的话，不是人搂（方言："制造"孩子之谓）的！"

女小岳看了男小翟一眼，说："也不要乱攀亲戚，亲不亲，阶级分，你们一个姓儿就是一家人了？狗一样，扔给你块骨头啃啃，就出来瞎汪汪！"

男小翟还是个结巴，一急结巴得就更厉害："说话要注意政啊治，批评要注意原哪则，不能马列主啊义装到手电啊筒里，光照别啊人不照自啊己，老鸹飞到猪啊腔上……"

女小徐笑得咯咯地："你拉倒吧，还老鸹飞到猪腔上呢，你就是个老鸹！那个翟怀三是你哪门子的叔？我怎么没听你爸爸说过？你再跟他勾搭连环，回去跟你爸爸一说，不毁（方言：大人打孩子意）你个王八犊子的！"

男小李说："还是要注意团结，对同志说话那么刻薄干吗？还扔给你块骨头啃啃就出来瞎汪汪！你个小岳不是说你的，你值班的时候，过道里的卫生你打扫过几回？那个尿罐儿你提溜过几次？就你娇贵？"

女小岳不好意思地笑笑："天天满当当的，还真是不好提，一不小心就洒一脚，我建议还是再买个尿罐儿，一个屋里放一个。"

女小俞说："那玩意儿放到屋里受得了吗？还是放到过道里。"

小曲就说："算了、算了，也不怕柳大哥笑话！"

我就觉得这帮人还挺能"斗私批修"，挺好玩儿。我同时也注意到，我进知青点这半天，只有一个人始终未发一言——女小谢，别人说话的时候她笑得也很谨慎。但我能感觉得到，她不是不热情，而是性格内向不善于表达或有什么其他原因不便于说话。

二

点长小曲叫曲风云，属于那种乍一看不漂亮、再一看不难看、看长了还挺顺眼的姑娘。她确实就如杨老疙瘩所说，有礼有貌、有板有眼，很成熟、很可靠、很贤淑，甚至特别能保密。一接触，我即感觉出她对我的依赖，那种遇到难题心里又没底的下级对上级的依赖，甚至是小妹对兄长的依赖。她让我想起高中时代我们班上的那个团支书。那人少年老成，永远给人一个大姐姐的感觉；但学习很一般，任何一门学科的比赛都没她的事儿，她彼时的那种又尴尬又想为你做点什么的热心，真是让人感动。小曲跟她一样，同属那种形象一般、心眼儿很好、不太容易找到好对象、也不容易惹事儿的姑娘，你即使单独跟她外出或一起办个什么事儿，也不会惹闲话。开完了小会，我即让她陪我去找杨老疙瘩。路上，我问她："哎，那个小谢叫什么名字？怎么不爱说话？"

她说："她叫谢瑶环，不爱说话是因为出身不好，有思想包袱，不过她人不错，挺能吃苦，就是性格太软弱了，遇到事儿就知道哭，问她也不吭声，急死个人。"

"噢，那就多关心关心她。"

"我们处得还不错，柳大哥，这个点长我不想干了。"

"为什么？"

"我确实是干不了啊，在农村可不像在学校，一样凭工分吃饭，人家干吗要听咱的呀！"

"你好像威信挺高嘛。"

"高什么！这是守着你做做样子的，一个学校来的还看着过去的面子不好怎么样，别人就不行了。"

"你们不一个学校？"

"你看着凡是穿石油工人穿的那种棉袄的，都是石油五中的，三个，小徐、小俞和男小翟，其余的就都是我们学校的，二中。"

"小徐跟小翟好像还有点亲戚。"

"哪里是什么亲戚，石油五中是子弟学校，家长互相都认识，小徐比小翟大一岁，下来的时候小翟的爸爸让她关照着点儿。"

"哎，这个点长你不干可不行，我还靠你做工作哩，再说我一来，你就提出不干了，群众会怎么看？连个点长的权也夺啊？另外你干不丁，我说了也不算啊，是县知青办公室决定的吧？"

她笑笑："你真会做工作，还是部队锻炼人哪！噢，到了。"

杨老疙瘩家，一屋子人，个个抽着小喇叭，满屋子乌烟瘴气。一介绍，全是他本家族的哥们儿爷们儿，还有那个革委会主任杨志顺。杨老疙瘩将我和小曲让到炕上，那几个人就走了。杨志顺也要走，我将他留住，杨老疙瘩也说他："你这个人，纯是扶不起来的阿斗、抹不上墙的稀泥，劝了半晚上等于白劝，你就是不干了，解放军来了也得介绍介绍情况吧？你总还是个党员吧？"杨志顺即勉强坐下了。这是个挺忠厚老实的中年人，形象也有点像电影《暴风骤雨》里边的那个赵光腚儿。不知咋的，一到了翠云岭，我即下意识地将庄上的各色人等跟《暴风骤雨》里面的人物对号，许是我对那本书印象太深了的缘故。

我说："怎么？杨主任也不想干了？"

杨志顺说："我家确实有困难啊！"原来，他家七口人，就他一人挣工分，老婆还常年有病；他好不容易托人找了个去公社小煤窑挖煤的工作，一天能挣三块钱，一块钱缴队上买工分，个人还能留下两块，当然就比当个村里的革委会主任强得多。而刚走的那帮人则劝他继续当这个主任，跟姓翟的他们对着干。

我问他："翟副主任也是党员吧？"

"嗯哪。"

"除了有点派性之外，你觉得他还有些什么问题？"

"问题多了，整人、贪污，有一年夏天还跟个女社员说不清道不明的呢，是哪一年来着七叔？"

杨老疙瘩就说："五八年，哪年的事儿了，还翻腾这个干吗！那个女的也不是什么好货！爱贪个小便宜什么的！"接着就介绍，翟副主任叫翟怀林，原来一直当大队长，"一贯飞、飞扬……那个词儿怎么说来着？"

小曲说："飞扬跋扈。"

"嗯，飞扬跋、跋扈对了，老支书杨忠礼是我的个没出五服的五哥，土改、抗美援朝都参加过，整天让他哈哧得跟孙子似的，老五哥又说不出话来，运动一来，他就将所有屎盆子扣到老五头上，气得老五哥跑到杨树峪看树去了。"

"翟怀林出身不好？"

"他出身倒没问题，可他大爷当过胡子，是让解放军给打死的。"

我即将公社革委会和我们片儿长的意见谈了谈，先成立个"斗批改"领导小组，由主任、副主任、杨老疙瘩、我和小曲组成，"老杨的困难先放一放，翟怀林若有新问题可继续找我反映，已经定了性有了结论的四类分子主要是斗和批的问题，重点还是要挖出那些暗藏的阶级敌人，方式主要是家访和内查外调。"

杨志顺答应得很勉强："那你得跟公社革委会打个招呼，别把我上小煤窑的事给整黄了。"

我答应着。

杨老疙瘩说："要不要开个社员大会，动、动员一下？"

"开吧，主要是学学文件，顺便把咱们斗批改领导小组公布一下。"

"什么人参加呢？"

"除了四类分子统统参加。"

"那些有问题的呢？"

"在没调查核实之前，我们怎么知道谁有问题？即使有问题可不够定性的杠杠儿属人民内部矛盾呢？"

杨老疙瘩说："嗯，也是这么个理儿，你今年多大了？"

"您看呢？"

"有三十了吧？"

我脸红了一下："我才刚当兵一年。"

"那就是二十一二，看着怪老练的。"

往回走的路上，我问小曲："我真有那么老吗？"

小曲笑笑："你不高兴了？"

"有点儿。"

"这疙瘩的人就这样儿，看着年轻的往高处猜，看着年老的往低处猜，说是表示尊重，我刚来的时候，还有人问我几个孩子了哩！"

"还有这种风俗！"

前面通往知青点的岔道上，有个人影在挪动，小曲说："是小谢，谢瑶环。"

"她是不放心，来接你？"

"不像，她若接我该迎面而来，你看她不是往回走吗？还急燎燎的，可能是串门儿刚回来。"

"开小会的时候我没说错话吧？"

"没听出你说什么错话呀，怎么了？噢，她不会，小谢即使去串门儿也不会传话，她嘴挺严，倒是那个男小翟和小于嘴上缺个把门儿的。"

"你挑几个比较老练点儿的，将来搞个内查外调什么的用用，还要形成文字的东西。"

"嗯哪。"

我回去的时候，他们还都没睡。一摸炕，挺热。小于说："沾柳大哥的光了，好好睡个暖和觉。"

小翟说："翟怀林来啊过，就是那个革呀委会副啊主任，柴火也是他送啊来的。"

"你们告诉他我去哪了吗?"

小翟小心地："告诉啊过，不啊要紧吧?"

"不要紧，明天我去看他。"

他们将我的铺盖铺到了挨着炕灶的那头儿，太热，我跟炕梢的小李换了换位置，小李即问我："文书相当于哪一级?"

"什么级也不是，文书是兵，不是官儿，相当于管勤杂人员的个班长，当然也做点写写画画的事情。"

"什么是勤杂人员?"

"通信员、卫生员、炊事员、饲养员那一套。"

小于即说："文书不难听，跟官儿似的，比叫排长好听。"

咱心里竟美滋滋的。

那边厢的门响了一声，接着又传来一阵奇特的声音。你听着竟没有半点活思、思想，像听着家人撒尿似的，很平常。

三

第二天一早，不等我去看翟怀林，翟怀林来了。这人长得很白净，给人一个脱产干部的感觉，特别他那顶帽子非常高级。噢，我想起来了，我下到那个公社之后，一个突出的印象就是这里的人都十分重视帽子，他们的棉袄可以露着棉花，但帽子一般都不会差，绝对是动物的毛皮做的，那种棉栽绒或人造绒都很少。他的帽子我估计就是狐皮的，那毛一根儿是一根儿，黄中透红，油光闪亮，看上去非常上档次。他看起人来眼珠儿还滴溜轱辘乱转，连同他的热情和主动，就格外让人起疑心，潜意识里即觉得这人有问题。我将这次"斗批改"的意义和领导小组的事儿给他说了一下，他说："好、好，要掌握斗争大方向嘛对不对？"

"生产的事儿，你们该怎么抓还怎么抓，咱们要晚上搞革命，白天促生产。"

"这个你放心，再说冬天也没多少活，也就是修修地堰整整地什么的，哎，柳同志好像对农村工作很熟啊？"

我说我家就是农村的，是山东的沂蒙山。他即跟我啰啰儿沂蒙山区好地方风吹草低见牛羊、没有山东人就没有东北人那一套。

我说："你对你们这个领导班子有什么看法没有？"

他说："我对他们是没意见，可他们老想把我打成个什么分子，干了这么多年工作，缺点错误肯定是有，可你老把我往阶级敌人那边儿推，也不是个事儿不是？"

不是我高明，那一会儿我还真产生了这场运动确实有无限上纲上线问题的认识，遂模棱两可地说："不至于吧？"

"你刚来，还不了解情况，时间长了就知道了。"

"还是要加强领导班子团结，好好注意政策，小曲——"我喊了一声，小曲就过来了，"早饭后咱们领导小组成员开个碰头会好不好？通报一下情况。"

他两个说好，翟怀林就走了。

这天，知青点上是那个女小徐值班。吃早饭的时候，我即给了小曲 45 斤军用粮票和 10 块钱，让她安排小徐去公社粮站买点细粮和植物油回来。小曲说："你还真买呀？"

我说："这是上边儿按规定补助的，也不是我个人花钱，再说我不能吃白食儿不是？"

"你工作可真细，还让我安排。"

我笑笑："这是常识，不能越权。"

这帮女知青中，数着小徐个子高，接近一米七，脸模样儿也不错，说修长也修长，说丰腴也丰腴；让那件石油工人穿的那种黑棉袄一衬，皮肤格外白净；且嘻嘻哈哈、大大咧咧，给人一个既温暖又随和的感觉。我之所以有这样的直感，是比较小曲而言的。这么说吧：你跟小曲这样的姑娘共事，须正儿八经、人五人六；跟小徐打交道，则不必太谨慎，甚至说点粗话什么的也没事儿。她可能是第一次见军用粮票，一拿到手即跑到我跟前说是："好家伙，还真有军用粮票这一说哩！拿这玩意儿买东西，有什么规定没有？"

"哪有什么规定！粮站是只认粮票不认人，谁去买也行，听说拿这个买，细粮和植物油的比例比地方粮票高一些，这正好是我一个月的定量，细粮占 70% ，还可配给一斤植物油。"

小徐羡慕地："怪不得都愿意当兵呢！"

我有点骄傲："就你们辽宁，有名的三两油，我家乡的地方粮票也比这儿的军用粮票细粮比例高，花生油随便吃，谁像你们这儿，豆油还只供应三两，做出菜来净豆腥味儿！"

"山东这么好哇？"

旁边儿就有人瞎起哄："赶快找个山东对象嫁到山东去！"

她也不在乎："找就找！怎么着？"

不曾想，这随便的一说甚至仅是个玩笑，她竟记到心上去了。此后即跟我黏糊，待我往回撤的时候费了老鼻子劲才将她甩开。噢，我还忘了说，她叫徐惠莉。

待我们开完碰头会，小徐也回来了。不过她买的粮油比例不对头，是一个比地方粮票稍高一点的标准。她垂头丧气地说是："人家就是这么规定的，还让人家盘问了半天，怀疑我偷的！"

小曲说："太欺负人了，找他们去！"

小徐说："你去也白搭，除非柳大哥亲自去找！"

我本不想去，可小曲将此事儿看得很重，小徐即陪我去了。走出二三里地，小徐瞅瞅前后没人，脸红红地说："柳大哥，你真去啊！"

"干吗不去？"

"跟你说件事儿，不准生气的。"

"什么事儿？"

"你先说你不生气。"

"你能办什么让我生气的事儿？不生气。"

她嗫嚅着："我用自己的粮票换下来了二十斤，我奶奶身体不好，我寻思……"话没说完，眼泪掉下来了。

我一听，吃了一惊，"是这样……没事儿，换了就换了。"

"你瞧不起我了吧？"

"哪能呢！这说明你是个孝顺孩子。"

"真的没瞧不起我？"

"嗯哪。"

她破涕为笑了："你也会说'嗯哪'了？"

我笑笑： "我还会说这疙瘩那疙瘩，干哈（啥）呀，上大该（街）呀，上大该干哈呀，吃饺渣（子）呢呗！"

她擦擦眼泪："可咱回去怎么说呢？"

"你就瞧好儿吧！"

"咱还不能马上返回去。"

"那当然。"

"我领着你看看这里的山水吧？"

"好。"

我们即下了公路，拐进一条山峪里去了。与我家乡的山峪差不多，到处都是些不成材的树，也有些小石屋散落在山坡上。我们沿着山坡走，这就不可避免地要爬堰翻崖，她往往牵着咱的手拽一把。有时牵着就有意无意地不松开。她的手也很大很丰腴，咱也很愿意让她牵。待再遇见一个小石屋的时候，我说："到处都是这玩意儿，我家乡也有。"

"这是干什么的？"

"是过去老百姓跑反的时候住的。"

"你不要老百姓老百姓的好吧？"

"怎么了？"

"你让我自卑。"

"这有什么好自卑的？就像那首歌里唱的，'我是一个兵，来自老百姓'，当上几年兵，一复员还是老百姓。"

"'来自老百姓'还不对哩！"

"怎么不对？"

"应该是来自贫下中农。"

"那怎么唱？我是一个兵，来自贫下中农——也不押韵啊。"

她咯咯地就笑了，又一下拽起我的手："你真有意思，是个秀才兵，走，咱们进去看看，是怎么个跑反的时候住的。"

石屋子是底下方、屋顶圆，完全由薄石板搭成。石板的缝隙很大，缕缕阳光射进来照在她的黑棉袄上，给人一个斑马的感觉。你觉得这是匹健壮而又温驯的斑马。我们牵着手，仰望着圆屋顶，感觉到她的手汗津津的。她幽幽地叫了我一声："柳大哥——"

"干吗？"

"谢谢你。"

"谢我什么？"

"一会儿你就忘了？"

"忘了。"

她即捶打着咱的胸膛："你坏、你坏。"

我一下攥住她的手："那是件很小的事情，你再不要提了好吗？"

她脸红红地："好。"

往回走的时候，她又说："你是个秀才兵。"

"秀才兵不好是不是？"

她不好意思地笑笑："过去是秀才遇见兵，有理说不清；如今遇见你这个秀才兵，让人心里乱扑、扑腾。"

咱的心里竟也扑腾了几下，同时又有种说不出来的滋味儿：她基本是个好同志，如果没有粮票的事就更好了。

回到家，小曲已经将饭做好了。我跟她这么说："白跑了一趟，公社粮站还真就是这么规定的哩，关键是这里没有专门的军事物资供应点，那样的比例，只能到那样的单位才能买出来。"

小曲信了。小徐低着头格外勤快地拾掇这拾掇那去了。

四

我知道呷吗啡是怎么回事儿了。它是这样一种呷法：将一种叫作吗啡的白面儿，先弄成液体，而后直接往血管儿里注射，作用跟抽大烟差不多，但毒性比大烟小。动员会的第二天，杨老疙瘩领着一个姓杨的五十来岁的人拿着一套小注射器和三小包白面儿来找我，争取宽大处理。我即知，这人便是人民来信上反映的那人了。那人还将袖子撸起来给我看，满胳膊密密麻麻一片乌青的针眼儿，跟趴了一层苍蝇屎似的，特别恶心。杨老疙瘩领他进来的时候，就让他站好，保持立正姿势。我知道他是小骂大帮忙，但面子还得给他。我问那人，你知道这是属于什么性质的问题（其实我也不知道）？那人说，知道，属于坏分子性质的问题。我说，纯是地痞流氓所为，任何一个政府都是要抓要管的，国民党也得抓，除非胡子不管；念你主动交代问题，有悔过表现，暂不打你坏分子，回去继续检讨。那人走了之后，杨老疙瘩试探地："明天早晨让他跟四类分子一块儿扫街去吧？"

"我刚才不是说了暂不打他四类分子吗？再说现在运动才刚开始，还不到定性做结论的阶段。"

"嗯，那好，还是你懂政策啊。"

杨老疙瘩走了之后，那帮知青就都围过来看那套注射器和白面儿，然后议论昨天晚上的会开得多么成功。

男小于说："柳大哥你做报告还行来，比公社革委会主任讲话还有水平，你能当个好指导员。"

女小岳说："会场秩序也不错，这是我们下乡以来参加的最好的一次会了。"

我说："我没说错话吧？"

小曲说："就是稍微有点软，该强硬的时候没硬起来。"

男小翟说："柳大啊哥又不是公安呀局，我看是柔中有啊刚，有一种内呀在的震慑力啊量。"

男小李则说："柳大哥，我怀疑呷吗啡的这个人当过胡子。"

"你怎么知道？"

"一是你说'除非胡子不管'那句话的时候，他愣了一下；二是这地方凡是抽大烟、吸白面儿、呷吗啡的过去大都当过胡子，穷乡僻壤，家里穷得叮当响，他这些熊毛病从哪里学的？"

女小俞说："嗯，有道理呀，咱们不能书生意气。"

我说："这仅是分析，咱们需要的是真凭实据，人证、物证和旁证，我刚才不是也说让他回去继续检讨吗？是这么说的吧小曲？"

小曲答应着："对，是这么说的。"

这么说话的时候，我就注意到那个小徐也开始一言不发，且看咱的眼神不对头，情意绵绵的。这是个不好的苗头儿，须提醒她一下："嗯，有你们这么个参谋班子，什么事儿干不好？想犯错误也犯不了，就是小徐跟小谢没发言，啊？"

她两个脸红了一下。男小翟说："你个小啊徐，平时数着你能喳啊喳，怎么这呀会儿不发啊言？"

小徐说："我不发啊盐，我想发啊油。"

大伙儿哈地就乐了。

我到翠云岭第四五天上，联络员薛白来了。她来是送陈永贵的讲话文件——噢，想起来了，所有的故事都发生在六九年冬天定了，陈永贵刚当中央委员的那一年呢。

那时候，凡是中央首长的讲话都要印成文件让下边传达贯彻，这么的，薛白就来了。——往事越来越清晰，我抽烟也是在那里学会的。那段时间天天晚上开会，且一开开到十一二点，困得要命，旁边儿就有人卷支小喇叭给咱抽。你知道那地方是"窗户纸糊在外，妇女抽着大烟袋，公爹穿错儿媳妇的鞋"不是？还真是那么回事儿，越是偏僻的地方抽得就越厉害。不过那时女人已不抽大烟袋了，抽自己卷的那种小喇叭。她们的上衣兜儿里，平时就一边装着卷烟纸，另一边装着碎烟丝。知识青年们不抽，但人人都会卷。我平生抽的第一支烟就是小曲还是小徐来着给卷的。烟丝当然就是当地老百姓的。你还不能老抽人家的烟丝，你总得买盒烟回敬一下吧？这么三抽两抽、你来我往地就会了。薛白来的时候，我已经抽上了。薛白说了一句话还丢得咱够呛："怎么？才下来几天就抽上了？抽这个干吗？你那点津贴费能抽得起什么好烟？！再抽也是劣质烟草。"要不是此后又天天晚上开会，我肯定会戒了。

我当然也将知青们向她介绍了一下，她就挨个跟他们握手，还要他们对我多关照，首长似的。送她出来的时候，我向她汇报了一下前段的工作，就发现她也会说"好的"和"比较好的"了。

她走了之后，知青们就又议论了一番。男小于问："她是军官吧？"

我故意不以为然地："军什么官，保密员。"

男小翟说："是勤杂啊人呀员，长得倒是不啊难看。"

女小岳说："什么衣服也不如军装好看，洗得那么白！"

我说："这是从苏联进口的人字呢，洗一水就掉色，越洗越白。"

女小俞说："掉了色比不掉色好看。"

小徐就说："嗯，她也就是军装好看。"晚上开会的时候，我让小曲将陈永贵的讲话念了一遍，经过议论，决定实行大兵团作战，继续治山整地，修地堰、挖鱼鳞穴。同时还要搞好宣传鼓动工作，将大喇叭拉到山上去，搞得它轰轰烈烈、热火朝天。我就知道这帮知青还真是多才多艺，几乎人人能拉会唱。他们除了编写好人好事的稿件进行现场广播之外，休息的时候还表演节目。跳《草原上的红卫兵见到了毛主席》的时候，所有的人包括小曲和小徐在内都会劈叉，且一劈到底。

干活的时候，小徐挨挨蹭蹭地和我包了个鱼鳞穴，位置在山的最上边。待挖到接近一米见方的时候，你若跳进去，能看见山坡下面的人，而下面的人绝对看不见你。我们干活的程序是这样：我在里面挖一会儿，她再下来将土扬上去。我在下面挖的时候，她说："看你这手，跟女人的手似的，肯定没干过活。"

我说："别忘了，我是来自农村的，怎么会没干过活？"

"农村也有娇生惯养的。"

"我要是娇生惯养的，就不会出来当兵。"

"当兵也是不吃苦的兵。"

"没有任何兵种是不吃苦的，国家又不傻。"

她笑笑："你永远有词儿，谁也说不过你。"

我提醒她："我刚来的时候，你说话办事儿挺大方的，怎么现在有点忸怩呀？"

"我怎么忸怩了？怎么忸怩了？"

"一起说个什么事儿的时候也不发言，看人的眼神儿也不对头，情意绵绵的。"

她嘻嘻着："臭美吧你！谁跟你情意绵绵呀？"

"如果不是就好了，算我神经过敏。"

"我知道你看不起我。"

"这是什么话！我有看不起你的表现吗？"

"人家恨不能肠子都悔断了。"

"我说过不要再提那件事儿了嘛你还提。"

半天，她嘟哝着："你好像谈过恋、恋爱似的。"

咱顺口就来一句："胡说。"

"还胡说呢，我看你对那个保密员才情意绵绵的哩！"

"更胡说！人家是老兵，回去马上就要提干，人家看得上咱这个新兵蛋子呀！"这么一说，仿佛也说服了自己，生起了一种酸涩的伤感，浇灭了那点朦胧的野心。

她不等咱上去就跳了下来，还故意往咱身上歪："这说明你想过。"

我推了她一下："你拉倒吧，你才像谈过哩！"

"谁要谈过王八犊子的！"

我赶忙爬上来："我看看其他人进度怎么样，咱别落下了。"说着即走到下边最近的个鱼鳞穴，见是女小谢和男小于，就想跟小谢说说话："想不到小谢也会跳舞，还能劈叉。"

小谢腼腆地："瞎跳呗。"

"毛主席接见红卫兵的时候，去过没有？"

"去过。"

"是第几次见的？"

"第八次。"

"我也是第八次。"

她惊喜地："真的？"

"那还有假！是一九六六年十一月二十四日不是？"

"嗯哪。"

"你当时在哪儿？"

"西单。"

"我也在西单那儿呀！路南，可惜那时不认识。"

她也遗憾地笑了笑。那是我来了那么多天之后第一次见她那么舒心地笑。说着话的工夫，我朝上边看了看，确实连小徐的脑袋也看不见，就又上来了。

小徐的石油工人穿的那种黑棉袄扣子解开了，领口处的一小片胸脯很白，毛背心里内容丰富，头发也湿了一绺，她正在用镐挖土。咱不等她上来就也跳下去了："你上去休息一会儿。"

她面对着咱，几乎贴着咱的身子："我就知道你不愿意跟我待一块儿，得空就溜。"

"又胡说。"

"那干吗半天不回来？"

我一下严肃地："你这个同、同志怎么这样儿啊！"

她即讪讪地爬上去了。为消除她的尴尬，我说："那个小谢还真见过毛主席哩！"

她嘟哝着："谁没见过？！"

"你也是第八次？"

"第六次。"

"比我还强哩，我是第八次，最后一次，几乎没见上。"

她开始喋喋不休：女小俞有对象了，是在学校宣传队里谈的，但她爹不同意，嫌那人是"狗崽子"，本来下乡要一块儿的，她爹硬硬地把他们给分开了；小岳的手表是她表哥给她的，一天慢半小时；小翟有奶就是娘，有酒便是爹，谁给他个小酒喝喝他就给谁说好话……"哎，昨天晚上你没听见我们屋里有动静儿啊？"

"没有哇，怎么了？"

"小谢又哭了呢！哭了好几回了。"

"想家了吧？要不就是做噩梦了。"

"我看没那么简单。"

"小曲知道吗？"

"知道。"

"你们多注意观察一下，哎，你以后值班分菜的时候，不要多分给我好吗?"

"我们本来就沾了你的光,怎么能不格外照顾一下?"

"又拿我当外人了不是?"

这么说着话的时候,又觉得该同志是个好同志,如果不是太热情、太主动就更好了。

五

下雪了。不能在外边儿干活了。我和知青们去大队饲养棚里铡马草。两个铡刀,八个青年,四个人供一个铡刀,我们一拨一拨地轮流铡。铡马草这个活,特别容易让男女青年沟通思想加深感情。我续草的时候小徐就摁铡刀,她那里脸儿红红,辫子飞舞,丰满的胸脯还随着身子的一起一落那么一颤一颤,你觉得这会儿她特别地美,还特别地温暖,当然也非常健康。她还嘻嘻哈哈:"出个谜语给你猜。"

"出吧。"

"一张嘴,没有牙;吃进去,吐渣渣。"

"铡刀呗。"

她笑笑:"你们那儿也这么说?"

"差不多,只是比这个还下流。"

"怎么个下流?"

"姑娘家听这个不好。"

"人家就想听嘛。"

"我忘了。"

待轮到下一帮铡草的时候,我们坐在草垛上休息。她继续嘻嘻着:"农村的草垛里特别容易出故事。"

"为什么?"

"这是因为它太松软,给人一张床的感觉,一坐下就想躺着。"

"嗯,有道理,你还怪有经验哩。"

"听来的,你看着农村人封建,其实一点也不比城市差,关键是这里到处都是谈恋、恋爱的地方,那就容易出故事。"

男小翟过来凑热闹:"你个小啊徐,成柳大啊哥的警卫呀员了,是不是想啊吃花生啊油?"

一下弄了我个大红脸。

小徐却不在乎:"人家啰啰儿咱啊!"

"不啰啊啰儿那是不啊假，一啰啊啰儿那就鸡飞蛋啊打，不过可以先挂啊个号。"

小徐笑得咯咯地："你拉倒吧，还先挂啊个号，姑奶奶还没这么贱！"

……

外边儿雪花飘着，草棚里几个男女青年一起有说有笑地铡马草，还真是不错，你觉得那是世界上最美丽的活。

在下雪的那几天里，我还与小曲分头搞了几次家访，这便发现了个爱树如命的无名英雄：杨忠礼。杨老疙瘩给我说过，"老五哥杨忠礼是翠云岭的活档案，没有他不知道的事儿，且以实求实，绝不虚妄马虎，你有什么情况需要核实，可以去找他，他就在杨树峪，不远的。"这么的，我和小徐就去了。说起跟小徐一块儿去，也须交代一下，这是小曲分的工。我不是让她挑几个比较老练嘴也比较严的知青搞个内查外调什么的吗？她就挑了小徐和小岳，我和小曲各带一个，她即将小徐分给了我。怕引起她怀疑，我还不能说要谁或不要谁。小徐当然就非常高兴，满脸的庄重，一定不辜负领导信任的那么一种表情。

杨树峪离翠云岭五里地，须翻两座小山。小徐在前面蹦蹦跶跶、指指画画，也仍然偶尔牵咱一下手。因了她说过"姑奶奶还没这么贱"的话，我遂放松了警惕，并对她产生了点好感。她牵就牵，不松开就不松开，你觉得那是她的习惯动作，并非就是有什么意思。原来杨树峪并没多少杨树，全是些还没成材的刺槐，没必要派专人看着。但杨忠礼却长年住在那里。他住在一个依坡而建的窝棚里，半地下室的性质。我们去的时候他正坐在窝棚门口烧开水，小徐将我介绍给他，他热情地将我们让到炕上，让我们抽烟、喝水。炕不大，盘腿儿坐两个人就须紧挨着。我和小徐盘腿坐在炕上，让我想起我家乡新婚夫妇坐床的那种镜头，有点不好意思。屋里很黑，我们两个坐得那么近也须过一会儿才能互相看见。门口当然要亮一些，形成了他在明处我们在暗处的那么一种反差。而且他也根本不看我们，仍低着头往火炉里一根根地续那种很细的柴火棒。说着话的时候，我就注意到这是个六十多岁的很面善、很和气，同时又很幽默的老人。我到辽宁之后，我发现这里的人说话都比较幽默，也难怪若干年后，这地方一下子冒出了那么多演小品的笑星。我从他那里知道，翟怀三干过反动会道门儿是不假的，他先前在内蒙古一个什么旗的小镇上当野医，与当地一帮坏人相勾结，秘密组织了个什么道，说是能治妇女不能怀孕的病，其实纯是勾引良家妇女，他是解放初期让当地民主政府给赶回来的。"回来也没拿他当坏人，可他恶习不改，继续干些偷鸡摸狗的事情，他当坏分子一点儿也不冤枉。" 呷吗啡的杨大耳朵（他一说我才想起那人确实耳朵不小）确实当过几天胡子，不过那时他还小，是十四呀还是十五来着，学了些坏毛病；翟怀林这人不是什么好人，可你抓不着他能上纲上线的事情，多吃多占的事儿有一点，但还够不成四类分子，那年他带民工去修水库也挺能吃苦；"农村的事情不要搞得那么清，只要他不反党反社会主义就甭清理他，你想啊，凡是在外边有问题或犯了错误的都给开回来，农村成了藏污纳垢的地方，你再搞得那么清他还有法活？我这么说不赶形势吧柳同志？"

"赶、赶。"

"我看你这个同志挺平和，不像是特别能搞斗争的人，部队的同志下来，只要糊弄着别出事儿就算完成了任务，农村里面的事情不管也能过，一管就管不完，有些矛盾是家族间的宗、宗派斗争，永远也搞不清，你即使搞清了又怎么样？他又调不走，又不能跟部队样的背包一打就开拔，他还要世世代代住这儿，你今天斗了他，明天他就找碴儿整你，怨恨越积越多，没完没了，咱别上他们的当，将个人之间的关系搞成阶级斗争。"

你觉得这是个无所不知，又十分超然的人。

老杨头儿说话的工夫，小徐给我卷了支小喇叭，卷完了还用舌头舔一下，以使烟纸黏合住。她往我手里塞完了烟，手就没再拿开。在那样的黥黑里，咱十分愿意将手放到她手里。当我点上烟，将火柴放到炕头的隔墙上，又主动将手送过去。我们十指交叉着握了一会儿，咱还将手顺势而上伸到她的袄袖子里，她的胳膊光滑、丰腴，如脂如膏。听得见她的微微喘息，感受着她融融的暖意。老杨头儿站起来往暖水瓶里灌水的时候，她即俯下身子将胳膊覆盖住，少顷又将脸贴在了咱脸上……我紧张地与她耳语着："你胆子不小啊。"

她掐咱一下，狠狠地："别说话。"

老杨头开始说树的事情。他说五八年之前杨树峪确实全是杨树来着，一大炼钢铁就全砍了。"砍也是我领着砍的，这是我的错误，打六四年下了台，我就搬了来栽树，现在大大小小一共是四千来棵，还不到以前的一半儿，我是一定让它恢复到五八之前的样子，现在还不怎么好看是吧？一到夏天就好看了，空气也清、清新，人也年轻，什么好也不如栽树好，有一回……"

她的唇移到咱嘴上了。紧张、激动，如梦幻般晕眩，只见老杨头儿嘴动弹，却听不清他在说什么……

我站起来了："咱们一起转转哪？"

老杨头儿说："好，转转就转转。"

走出窝棚的时候，我注意到这窝棚有门框没有门，只是挂了个草苫子。

所有的树都一目了然。老杨头陪着我们转了半条山峪，我即让他回去了。

往回走的路上，我又说："你胆子不小啊。"

她脸红红地："反正他又看不见。"

"这人耳聪目明，什么也瞒不过他的眼睛，人家故意看不见也说不定的。"

"看见就看见。"

"你不想让我进步了？你不希望我好是不是？"

"谁不希望你好了？"

"那就须十分谨慎。"

"只要你别把我忘了。"

"不管是什么样的结局，忘是肯定忘不了的了。"

她就一下将咱抱住了，还主动吻咱。

六

小曲那个小组也有点收获，将其他几个人的历史问题基本摸清了。她还告诉我个情况："小谢最近身体不好，要回家看看病呢。"

我说："那就回呗，人家有病你能不让人家看？"

她说："有点不对劲儿啊，最近她晚上睡着睡着就哭醒了，而她跟第二生产队的个会计接触挺多，这里面会不会有问题啊？"

"那是个什么人？"

"那人也是个回乡知青，出身啥的倒没问题，不过已经结婚了。"

"那就别乱猜。"我还告诉她，"那个呷吗啡的人还真是当过几天胡子哩。"

她高兴地说："是吗？总算挖出一个。"

我将老杨头儿说的农村的事情永远也搞不清你即使搞清了又怎么样的话转达给她，她沉思一会儿说是："理儿是这么个理儿，可别的村都挖出新的来了，咱们一个也挖不出来，好吗？"

"等等看看，实在交代不过去了再说。"

我同时跟杨志顺、翟怀林和杨老疙瘩商量，将四类分子们斗一家伙："斗批改嘛，咱们一次不斗也不好不是？"

他三个都说行。老翟说："是采取训话的方式还是开批斗会的方式？"

我说："先训训话吧，早晨扫完了大街接着就训，特别要训训那个翟怀三，反动会道门儿比胡子更可恶！"

小曲笑笑："到时候我们知青也全参加，造成一种阵势。"

我将老杨头儿封山造林看山护坡的事迹写了个小稿子，其中还提到他常在河边站就是不湿鞋，守着满山的树木却连个门也不舍得打的事儿。小徐给我抄稿子的时候就说，你观察得真细啊。我说你当时净想别的去了，哪会注意这些事儿。

那天她值班，而我还要写一点关于工作进度方面的简报，这就又有了单独相处的机会。这件事让我很矛盾，自打与她有了点拥抱接吻之类的事情之后，既想跟她啰啰儿，又不想走得太远，你很难把握这里面的分寸。——若干年后我将此事儿说给一个年龄比我小许多的文友听，当说到这地方的时候，他说你偷工减料啊，在那样一种氛围里，你能老实了？我怎么给他解释他都不信，坚持认为我跟她有事儿，这天没有，在小石屋子里的时候也会有。我甚至跟他动了气，如今的些小青年都怎么了？怎么上来就希望人家有事儿？甚至连个程序也不讲？她即使再漂亮你能跟她胡啰啰儿？当时部队有纪律且不说，关键是咱心里不踏实，另外也还有许多功利上的因素左右着你的审美。什么？拿粮票的事儿要挟她？你这是要流氓啊，算了，不给你啰啰儿了。当时真实的情况是这样，我们坐在女知青那边的炕桌对面，她抄我写。一会儿，她又说："看你这手，怎么长的！女人的手似的。"

"手小了不好是不是？"

"怎么不好！小手抓宝、大手抓草。"

"可是没劲儿哩。"

"还没劲儿呢，昨天把人家的胳膊都抓青了。"她说着就卷起袖子让我看，我一看还真是有点青。

"对不起呀。"咱说着在她胳膊上抚摩一下，她就反握着咱的手："来，跟你掰个手腕。"

"别把你的手也弄青了。"

"让它青好了，我愿意。"

咱即跟她扳。她当然不是个儿，连扳三次，满盘皆输。完了，她甩甩手："用这么大劲儿干吗，也不懂得让着人家。"

"快抄，完了我还要去公社一趟。"

"晚上回来吗？"

"没有特殊情况就回来。"

抄着抄着，她推过一张纸来，上面写着：我爱你。

我在"爱"与"你"的中间加了个"护"字，成了：我爱护你。

她将那个护字勾掉，又写道：就是爱你爱你爱你爱你……

我写了一句：理智控制不住感情的人，成不了大事。

她又写：就是控制不住呢，一会儿看不见你也不行。

她脸儿红红，呼吸不畅。咱一下紧张起来，赶忙将纸撕掉："你要这样，我就不住这儿了，我搬到队部去。"

她的眼泪就掉下来了："你不知人家心里有多、多乱。"

我又强调了一下："真的，你要这样，我确实不敢在这儿住了，你不知道部队是怎么个事儿。"

她软软地："我不这样了，你别搬走行吗？"

看着她那近乎企求的目光，咱真是不忍伤她的心，也真想说些喜欢她之类的话，可鼓了几次勇气还是没敢说出来。我跟她说了些现在还不是我们考虑这个问题的时候；其实我的家乡并不完美，唱沂蒙山区好地方，干吗不唱北京、上海是个好地方？你是个热情洋溢的好同志，不管怎么样我都是忘不掉的了，一切要看个人将来如何发展之类模棱两可的话，自己也觉得很没说服力。

她却嘟哝着："人家又没让你现在就表态。"

话虽这么说，但我还是决定赶紧刹车了。好在此后又发生了一系列的事情，将各自的心态镇静了一下，否则可真是不好收拾，甭说她这样热情似火的人，就是我本人也未必一直会理智下去。

老杨头儿说的部队的同志下来只要糊弄着别出事儿就算完成了任务的话还真是不错，我去公社，顾老挂见到我的第一句话就说没出什么事儿吧？我将前段工作情况跟他汇报了一下，他就说，好的和比较好的，抓革命注意了促生产，掌握政策也有分寸感。

我汇报的时候，薛白也在场。我将写老杨头儿的那个小稿子给她，她简单看了看说是："像篇散文，还挺有文采哩。"

"不一定适合简报用是不是?"

"嗯,不大适合不假。"

顾老挂说:"我看看。"他仔细看过之后,说:"怎么不适合?我看事迹挺生动,文笔也不错,作为一个点缀也是好的,登!"

薛白将我送出来的时候,问我:"哎,那篇稿子好像不是你的字体啊?"

我说:"你看得还怪仔细哩,是个知青抄的。"

"女的吧?"

"对了,女的。"

"好家伙,还配了个女秘书。"

"你才是女秘书哩,顾老挂的女秘书。"

之后,她就说:"你瘦了,要注意休息啊!"竟让咱寻思了一路,也激动了一路。

七

刚下过雪,又铡马草。那天我正跟几个知青在大队饲养棚里铡马草,薛白来了。她走近的时候,我正蹲在铡刀旁边续干草没看见她,小徐喊了一声,哎,看谁来了!我一转身,是她,即在一片交头接耳及灼人的目光中出去了,咱的脸肯定也是红了的。一见面,薛白就说:"你们还怪和、和睦哩!过日子似的。"

我说:"铡马草这个活挺好玩儿,我特别喜欢铡马草。"

"你是喜欢这种气氛吧?男女青年一起嘻嘻哈哈、动手动脚。"

"谁动手动脚来着?"

她笑笑:"我寻思的,没吃过猪肉,还没见过猪走?"

她来是让我看一封电报的。咱一看内容还有点小紧张:是一个对某生产建设兵团领导人处理的通报。上面列举了该团领导人猥亵女知青的罪行,并要求各级革命委员会认真检查对知青管理上的漏洞,坚决打击破坏"上山下乡"运动的形形色色的犯罪行为。看完了,她还让咱在电报的右上角签上自己的名字,证明你已经看过。

不知怎么,我当时对"猥亵"这个词儿特别敏感。这两个字看上去特恶心,也闹不清它的真实含意。我问薛白:"这两个字是什么意思?"

她说:"你是真不懂还是装不懂?"

"真不懂。"

"就是调戏，跟女青年动手动脚。"

咱当时还真的寻思了一会儿，跟小徐拥抱接吻算不算是猥亵。

"哎，还有你个好事儿哩。"她说着就从背包里拿出了一张《辽宁日报》，咱写的那篇老杨头儿的小稿子，赫然地印在了那上面。那是我第一篇将手写的字变成铅字的东西，当然就很激动："是你寄去的?"

她对铅字的东西也挺迷信："是顾片儿长让寄的，没想到你还有两下子。"

"谢谢你们啊!"

"这是不是你的处女作?"

处女作这个词儿也挺新鲜，也是第一次听说，但我能知道是什么意思："嗯，处女作。"

她趁着我激动和高兴的劲儿，就让我陪她去另一个村将电报给另一个干我这种活的战士看，咱很痛快地就答应了。

一出村，好家伙，漫天皆白，还千树万树梨花开，耀得你根本睁不开眼睛。而身旁的这位一下将一副很小巧的墨镜戴上了，那墨镜的腿儿上还挂着项链之类的东西，在耳朵那地方滴溜八挂，特别容易出风度。再一看，这妮子的军装确实就洗得泛白，且一尘不染，外边儿还扎着皮带，皮带上挂着小手枪，再加上"一颗红星头上戴，革命红旗挂两边"，那真是没治了。沉默了一段，她说是："你得注意呢!"

咱小心地问道："怎么了?"

"跟你一块儿来的那个三连的小康你认识吧?"

"认识。"

"他已经撤回去了。"

"为什么?"

"跟知青谈恋爱呗!"

咱吓了一跳："这才一个月不到就谈上了? 看着怪老实的个同志。"

"所以你要注意啊! 我看你对那几个铡马草的女知青就太热情，还嘻嘻哈哈，现在阶级斗争这么复杂，一不小心，一封人民来信告上去，就让你说不清，没事儿也成了有事儿。"

"你怎么知道那小康不是被诬告的?"

"当然也不排除这种可能性，关键是现在不好落实，你一调查，再一传播，影响就更不好，这事儿你也不要跟任何人说。"

"还真得好好注意哩，谢谢你提醒。"

过会儿，她见咱挺紧张且一言不发，即笑笑说："怎么了？心事重重的！"

我说："这个工作还挺玄哩，脑袋掉了还不知道怎么掉的！"

她说："你这个同志！要相信群众相信党嘛，只要你行得端做得正，坏人想挑拨离间也得寻思寻思；再说领导上也是有数儿的，让小康回去，就没告诉他们连里是什么原因，哎，片儿长对你印象还不错哩！"

"他对我印象好不好还不都是你反映的！我原来跟他又不熟。"

"哎，那个直瞅我的女知青叫什么？"

咱跟她打马虎眼："是小曲吧？叫曲凤云。"

"不是小曲，小曲我认识。"

"那就是小徐，叫徐什么莉来着。"

"你那篇稿子也是她抄的吧？你跟我说实话，你对她是不是有点小意思？"

咱有点急："胡啰啰儿呢！没影儿的事儿！"

她咯咯地就笑了："这地方的人说话挺好玩儿是不是？还嗯哪、唠嗑、这疙瘩、那疙瘩，好听吗？"

"不难听，可赶不上你说话好听。"

"会说话的个你！"

"真的，我不会说普通话，听别人说就觉得特别好听，这地方的话跟普通话也比较接近了。"

"你是不想学，想学就会了，哎，你是高中毕业吧？"

"是啊。"

"嗯，高中毕业的战……同志，就不容易犯小康那样的错误了。"接着就又说："你瘦了，挺累是不是？"

我说："关键是紧张，心里紧张，小小的个村，这么多坏人！"

她即说："文武之道，有张有弛，要注意调整，注意休息，你瞧这雪多好啊！漫天皆白，雪里行军情更迫，咱们不是行军，没必要搞得那么急迫，来，让我们轻松轻松！"她说着就抓起一把雪搁手里团着，俏皮模样儿地："咱们打雪仗玩儿吧？"

你想不到这么严谨的女同志，这会儿会这么活、活泼！你觉得这是个很有情趣儿很会玩的女同志。此前，我已经知道，她虽然是初中生，但比咱早当了三年兵，年龄虽不大，但办事儿挺老练，种种迹象表明，她此次回去马上就要提干。你在她面前就不能不谨慎甚至拘束。那种新兵在老兵面前的谨慎，如同形象一般的人在漂亮女孩子面前的拘束。

一团雪打在了咱的脸上，她夸张地笑着、奔跑着。咱也在后边儿小心地追打着。她还嫌咱放不开，玩儿嘛，让你来送我就是让你轻松轻松嘛，这么拘谨干吗？她小普通话儿说得也怪好听。可咱怎么也不能像她打咱那样放开来打她。她一边回过头来倒退着扔着一边喊着：打呀，扔啊……正是个下坡儿，她一下子摔倒了，随后即滴溜轱辘地滚了下去。好在坡儿不大，待咱跑到山坡上，她已经停住了。咱赶忙也出溜下去了，正好就让她的身子给挡住。她趴在那里一动不动，咱紧张地拽她、问她，怎么了？哪个地方摔坏了？她的肩膀那么一动一动，待我翻过她的身子，才知那是她笑的，随后又是一阵大笑。三笑两笑，就抱成堆儿了。一会儿，咱说："这不是猥、猥亵吧？"

她嗔怪地拧咱一下："讨厌……"

"别、别犯了小康那样的错误。"

她脸红红地："我又不是知青，犯什么错误？"

我说："你还是个老同、同志呢！"

她一下坐起来："我老吗？老吗？"

"我不、不是指你的年龄，而是说你的资格老。"

她即将咱一推："你这个人，还是高中生呢！"

咱小心地："你生气了？"

她嘟哝着："谁敢生你的气！"咱即意识到此举意义重大，跟与小徐啰啰儿不是一个概念，须认真对待。咱嘟哝着："其、其实我比你喜欢我还喜、喜欢你！你是个温、温暖的好同志。"

她就又笑了："还温暖的好同志呢，哪里温暖？"

咱指指她胸脯："这儿，全世界数着这地方温暖。"

她嘻嘻地："来，让我温暖温暖你。"咱就又抱成堆儿了，咱的手一会儿就暖和了。这也是个丰腴的姑娘，且生活不错，皮肤细嫩，还会保养。

她啊啊着："你胆子不小啊，老手似的。"

咱嘟哝着："还不是老同志'传帮带'的？"

"你这张嘴啊，真想给你咬下来。"

她果真就咬了……

半天，她笑笑说："我特喜欢你说胡啰啰儿，胡啰啰儿是什么意思？"

"胡说八道的意思，不好听是吧？"

"我愿意听，你刚才不是胡啰啰吧？"

"哪能呢！"

"你可要记住哟？"

"那当然。"

我们终于又继续走了，八里地一会儿就到了。待远远地看见那个小山村的时候，她问我："怎么样，这一路走得愉快吗？"

我说："愉、愉快，只可惜这段路短了点儿。"

她笑笑："就你会说话，干脆我叫你老同志得了。"完了她即让我回去，她从这儿直接回公社，并嘱咐我，以后不能胡啰啰儿哟。咱说不胡啰啰儿。她狠狠地亲咱一下，跑了。

当咱独自往回走的时候就觉得此行意义不小，这是个良好的开端，是真正的军人作风的恋爱。咱唱起来了：杨子荣有条件把这副担子挑，他出身雇农本质好，从小在生死线上受煎熬……

八

杨志顺和翟怀林去公社开了个会，回来一说，就是薛白给我看的那封电报的精神。领导小组的五个人研究怎么落实的时候，杨志顺提出："这不是小问题，咱们也抓一个。"

我说："有事实依据吗？"

他说："群众已经有反映了，二小队的会计翟书良对那个小谢图、图什么轨来着小曲？"

小曲吃惊地看了我一眼："图谋不轨。"

"嗯，图谋不轨，有天晚上，有人亲眼看见他两个从后山小树林里下来，小谢哭着在前边跑，那个翟书良就在后边追，那还不是图谋不、不轨？噢，是柳同志还没来的时候。"

杨老疙瘩说："那小子一看就不是什么好东西，整他。"

翟怀林说："不是小问题不假，既要好好调查，还不能把面儿搞大了，咱别整得满城风雨，让人家小谢在这里不好待。"

我说："这个意见好的，关键要看小谢的态度，俗话说，民不告官不究，当事人不告，你光靠分析白搭。"

杨志顺说："小谢正在家养病不是？小曲你回去代表村里买点东西看看她，顺便找她谈谈，这正是做工作的好时机。"

　　小曲说："我回去看看她是行，可我一个人找她谈白搭，我也不是没谈过，你这里急得要命，她那里徐庶进曹营一言不发你没治，要不，我跟柳大哥一块儿去。"

　　我说："这可不行，我一个男同志跟她谈这个，她更不会说。"

　　翟怀林说："干脆就从翟书良那里下手，把他吊到梁头上，看他说不说。"

　　杨志顺说："这可不行，不能逼供嘛是吧？"

　　我就觉得气氛不错，在研究这类问题上，人人既兴奋，又豁达，表现了从来没有过的一致。

　　最后决定让小曲和小徐一起回去，用杨老疙瘩的话说是"一定要从她那里打开缺口"。

　　与薛白那次有意义的雪地之行之后，我即尽力回避一切与小徐单独相处的机会。她似乎预感到什么，看我的眼神儿开始变得恨恨的，有时守着好多人还说话给我听："柳大哥送那个薛保密回来挺高兴啊，还哼样板戏呢！"

　　咱笑笑："抓咱的公差呗，有什么可高兴的？再说她带着机密文件能不送送？部队有规、规定。"

　　"唬谁呀，有规定她来的时候怎么就她一个人？"

　　"送、送她的那个送到村头儿就回去了，那是你没看见。"我马上严肃起来，"哎，你是不是管得有点宽？"

　　她脸红红的不吭声了。

　　三天后，当她和小曲从家里回来的时候，她对我的疏远做了另一番解释，她找机会对我说："怪不得呢，敢情是因为这个啊！"

　　她们还带回一份长长的书面材料，是小谢写的，基本是控诉的口气。那个小队会计还真是对小谢有猥亵和强奸的问题，小谢此次回家看病就是流产去了。让人气愤的是，那个小队会计趁老婆走娘家的机会，利用请客吃饭的手段，将人家灌醉，对其图谋不轨的，抓起来是完全够了。

　　我问小曲："你们怎么做的工作？"

　　小曲说："这次还真没费多少口舌，我们将那个文件精神一说，她就哭了，另外，她遭了那么大的罪，也恨死他了，她就有一个要求，希望能给她调调点儿，我答应她了。"

　　"我看这个要求不过分，好调吧？"

　　"这就看你的了，我估计问题不大，在公社范围内就能调。"

"行，我去公社给她跑。"

杨志顺说："赶快把那个王八犊子抓起来斗批改他一家伙！"

我说："这回不用咱斗批改了，你只向公检法反映就行了。"

杨志顺和翟怀林连夜窜到公社反映去了，当晚就来人将那个小队会计给抓走了。

第二天，我去公社给小谢跑调点儿的时候即听说那小子"供认不讳"。后又听说，小谢也有责任，人家请你吃饭你就去吃吗？喝醉了酒还睡到那里了，东北的大炕你又不是不知道，"睡着睡着，打打哈欠伸伸胳膊也是可能的，这一伸胳膊，就搭到他脸上了，那小子就伸出舌头，三舔两舔就出事了"。但即使可信，也掩盖不了他的要害问题。我在翠云岭搞了近两个月的斗批改，后来寻思寻思，觉得还就是斗（抓）他斗对了。

第二天，我去公社托顾老挂给小谢调点儿（现在我很愿意有个引子往公社跑），不想顾老挂不在，到县上开会去了。问薛白，他什么时候回来？薛白说，说是晚上回来的；要不你等等他，什么事儿啊？我将来龙去脉跟她一说，她即领我去了知青办，知青办的人答应得还很痛快，马上就让我挑个点儿，我即挑了个条件好一点儿的村子。

我跟薛白说："既然事情办好了，我回去吧？"

她说："这么急干吗，喝口水再走。"

薛白住的屋里也支着大炕，她平时就在炕上办公，来了人也往炕上坐。炕琴上有张刻了一半的蜡纸，我问她："又出简报啊？"

她倒一杯水给我："出啊，哎，你把这件事儿写一写，登它一家伙。"

"现在就写？"

"现在就写，正愁着登不满呢！"

"来条消息就行吧？"

她在蜡纸上比画了一块儿地方："你把这块儿填满就行。"

我写的时候她即坐在对面儿看着，我说："看得我想不起词儿来了。"

"那我怎么办？背过脸儿去？"

"那倒不至于，你只要别死盯着就行。"

她伸过脚来蹭咱一下："臭美吧你，毛病还不少哩！"

我写翠云岭斗批改领导小组，积极落实"中发69号"文件精神，细致稳妥地做好调查研究工作，于×月×日，将一个破坏上山下乡运动的坏分子绳之以法，极大地调动了广大知识青年的革命热情，他们决心在广阔天地炼红心，于偏远山区深扎根……咱当然也想在她面前露一手，一边写着，还一边给她解释新闻的五个 W，时间、地点、人物、过程、结果那一套。她就挺新奇："怪不得你写的稿子能上报纸呢，你学过?"

我说："我当兵以前，曾干过《红卫兵报》的总编，写这个是小菜一碟儿。"

"让你下去可惜了的，我跟顾片儿长说说，干脆你来编简报得了。"

"那可不行，我还不够级别，再说咱两个待成堆儿不好……"

"怎么不好的?"

"非出事儿不可。"

"你能出什么事儿?"

咱吻她一下："出这种事儿。"

她笑笑："还真是哩! 我说得管你叫老同志吧?"

咱刚要拥住她，她一下挣脱开："快写，写完了再……"

咱的手有点颤抖，我问她："我抽支烟好吗?"

"你有瘾了?"

"不、不是，是想激发点灵感。"

"哎，革委会办公室还有招待烟哩，我去给你要一盒。"她说着即下炕出去了。

待她回来，咱的稿子写完了。她将烟递给咱："现在抽个一支半支的不管你，将来可不许你抽的。"

"不抽、不抽。"

"快写啊!"

"写完了。"

"这么快就完了? 你不是糊弄吧?"

"你看看像糊弄吗?"

她浏览了一遍，嘻嘻地："嗯，我的眼光不错，你是个有才气的好同、同志。"

"还有才气呢，哪里有才气?"

她抚弄一下咱的头发："这里。"

咱攥住她的手："你刚才怎么说来着?"

"说你是个有才气的好同志啊。"

"不是,那会儿,说写完了再……再怎么样?"

她伏在咱的肩上,小声地:"你想怎么样啊?"

"我要你坐这儿。"

她即脱鞋上炕,坐到咱旁边了。咱揽过她,"不会来人吧?"

"来人也得敲门。"

她抓着咱的手:"看这手,纯是写字儿的手。"

"这手不好,它总爱伸到让老同志生气的地方。"咱就又重复了雪地里那次的动作。她啊啊着:"你这家伙真坏啊,第一次你就敢动这儿,那天我也不知怎么,让你一下子就得、得逞了,你是认真的吧?"

咱一下吻住她:"那当然,我爱你,我来这儿最大的收获就是认识了你。"

"以后不准叫我老同志。"

"行,那我叫什么呢?"

"叫小薛,或薛白。"

"看,可真是雪白啊!"

她笑笑:"你哪来的这么些词儿!还全世界最温暖的地方,让老同志生气的地方,以后不准你胡啰啰儿。"

"不胡啰啰儿。"

"要知道,部队不喜欢胡啰啰儿的人,不喜欢才气外露的人,你还要进步不是?"

"那当然,你多帮助啊。"

"还多帮助呢,你都……啊,你要这、这样,我真的要生气了。"她一下将咱那企图得寸进尺的手摁住了。她坐起来了。她整整头发、拽拽衣服,脸红红地:"真的,你让我心里特别不踏实。"

咱有点紧张:"我不对还不行吗?以后我再也不这样了。"

她挣着身子:"你拉我干什么?我去给你打饭。"

在她那里吃完了饭,咱就又回到了翠云岭。

春节到了。我们撤回部队过春节了。从翠云岭撤回的那天晚上,知青点上几乎一夜没睡。我反复告诉他们,我回去只是过春节,过完春节还回来。可他们仍是依依不舍,非要一直陪着我。我与他们一起唱、一起笑,最后就一起哭。完了,我们八个男女青年(小谢已经调走了)一起囫囵着身子睡在了女知青们的炕上。于迷迷糊糊中,只觉得有人往我的衣兜儿里塞了件什么东西。第二天早晨也忘了看。待集中到公社一起搭车回部队的路上,我掏烟抽来着,一下子带出了一双尼龙袜子，里面还夹着一封信。恰恰就让坐在我旁边的薛白捡着了，她看了看，脸色魆青地递给我，咱一看，心彻底地凉了。——是那个小徐写的，情话连篇，且有许多让人怎么寻思都行的省略号。

回到部队之后当然就再也无故事。一切都是命中注定，你无法逃脱。

如同知青们预感的，春节之后我就没再回去，我调到机关搞报道去了。后听接替我去翠云岭搞斗批改的战友说，那个呷吗啡的还是给揪出来打成四类分子了；杨志顺去了公社小煤窑，翟怀林当了革委会主任。也如同人们预料的，薛白回来即提了干，待两年后我被保送当了工农兵大学生的时候，即跟那个顾老挂结了婚。我在大学里还遇见了也被保送上了大学的曲凤云，说起翠云岭的故事，她感慨万端。她告诉我，徐惠莉跟后来接替我去搞斗批改的同志也啰啰儿了一段，也仍然没有结局。与曲凤云同学三年，她对我始终保持着那种小妹对兄长般的热情和尊重，当然也不会有故事。

无结局的爱情故事比有结局的爱情故事一般都好听，只是讲的人往往心里怪不是味儿的。

第三章 追踪一个作家

1960 年春天，初中一年级的语文课堂上，老师讲《老洪飞车搞机枪》。对于从没见过火车的沂蒙山的孩子，要想闹明白老洪如何地飞车搞机枪，可真是不容易，老师讲得也特别费劲。尽管他在黑板上画了火车的草图，你还是闹不明白客车、货车及闷罐车具体是怎么个概念，而老洪又是如何跳上去的。一堂课下来，老师累得满头大汗、口干舌燥，学生们却依然不明就里，有的甚至开始起哄。逼急了，老师说，枣庄那地方的人一般都会扒火车吧，就像山里的孩子会爬树，河边的孩子会摸鱼一样。

他这么一说，我们多少就能理解，噢，扒火车并不像想象的那么难呀！

《老洪飞车搞机枪》需三个课时，待老师讲完，他透露了一个重大消息：《老洪飞车搞机枪》的作者知侠先生，正在跋山水库工地体验生活！课堂上猛地"轰"了一下，马上又鸦雀无声了。随后老师对作者进行了一番介绍：知侠，原名刘知侠，河南汲县人。中共党员。1938 年入陕北抗大学习，1939 年冬随抗大一分校东迁沂蒙山区。历任抗大一分校文工团文学队长，山东省文协《山东文化》副主编，文化工作团团长及文协党总支书记，济南市文联主任，山东省文联编创部部长、秘书长，华东作协副秘书长，山东省文联副主席，山东作协主席，《山东文学》主编。1940 年开始发表作品。1952 年加入中国作家协会。著有长篇小说《铁道游击队》、短篇小说《红嫂》《铺草集》等。这消息确实就把我们这帮初中一年级的毛孩子震得不轻。我说过，我从少年时就做起了作家梦，知侠先生在跋山水库体验生活这件事，连同老师所介绍的一系列字眼儿，诸如作协主席、文学队长之类，就把我刺激得要命，你觉得什么样的官位也不如这样的职务好听，有诱惑力，甚至比公安局长还厉害——"文革"之前，我一直认为县公安局长比县委书记、县长什么的都大。我遂跟班上几个要好的同学商量，周末去跋山，看看作协主席、大作家如何体验生活。不想那几个家伙崇拜归崇拜，好奇也好奇，却不敢落实在行动上，三说两说还把我吓唬一通，理由有三：

一、作家不是好见的，说不定旁边还有站岗的，不等你靠近，立马就把你抓起来了。

二、跋山水库在沂水县城西北三十里，设计库容2.7亿立方米，为山东第三大水库。工地上肯定是红旗招展、热火朝天，民工则成千上万、人山人海，完全可以想象，你一个毛孩子到了那里根本就辨不清东西南北，重要的是跋山并不归我县管辖，你能否进得去都是个问题。

三、跋山在我们读书的一中所在地东里店以南三十多里，一来一回近七十里地。大路不通，小路崎岖，当天根本赶不回来。你吃没地方吃，住没地方住。你走累了，路过某个小山庄的人家门口，喊一声，大娘，给口水喝吧！妈的，成要饭的了！人家问你干吗去，你说去跋山水库看作家体验生活！人家就问，体验生活？怎么体？你先管好自己的生活吧，整天三根肠子闲着两根半，还看作家体验生活哩，酸得不轻，滚！把你轰出来了。

话糙理不糙。这三条一摆，还真是有些道理，也真把我给吓住了。但《老洪飞车搞机枪》、作协主席、体验生活什么的，对我的诱惑实在是太大了，且机会难得，过了这个村就没这个店了，大作家不可能永远在跋山体验生活是不是？错过了这个机会，你再上哪看作家体验生活去？

我寻思这帮家伙，纯是说话的巨人，行动的矮子，你要跟他们商量点事儿，他有一百条不干的理由，却说不出一条非干不可的道理，对新生事物也不敏感，还赶不上我们村小放猪的哩！我遂决定动员我村小放猪的刘老麻及整天挎着个篮子在山上转悠的小笤一起去跋山，看作家如何的体验生活。我相信我将此消息一说，他俩肯定会激动，之后屁颠屁颠地就跟我去了。

我那时住校，吃"兑换粮"。兑换粮是怎么个概念？如今的年轻人可能不知怎么回事儿了，让我给你来说明：兑换粮就是从家里拿粮食去粮站卖了换粮票，到学校之后再凭粮票买饭票，这中间的优惠是，你可能卖的全是粗粮，而在学校里领到的饭票却是比例为6:4的粗细粮。为此我省吃俭用，本来一顿吃两个地瓜干窝窝头的，我吃一个，如此这般，到周末即可省下我们三个人一天的窝窝头。

哦，当时我们沂源一中还有沂水县的学生哩！一中所在地东里店处在三县交界处，我县的生源不够，即从一中周边地区的附近各县招了部分学生。我遂找沂水籍的同学打听去跋山怎么走。他们大体告诉我了个方向，即过韩旺，走诸葛，再往西一拐就到了。

东里店逢三逢八都有集。几乎每一个集都能遇见我们村赶集的人，我让其捎信回家，告知这个周末不回去了，同时约刘老麻和小笪来一中转转、玩玩儿。当时我们的一中，在周边乡村的老百姓眼里，能相当于现在城里人心目中的大学。你知道城市的某个地方有一处大学，却未必知道校园里面的情况，一是你没有那么大的好奇心，想不起来要进去看看，二是你想进去看看也不让你进，有门卫。但刘老麻和小笪是何等样人？他二位整年在山上转悠，平时连个说话的机会都没有，特别的寂寞和无聊，故而特别想知道山外边的情况，庄上来了打铁的，赊小鸡的，挑轱辘子担儿的，他二位都能围观小半天，我让他们来我县的第一中学看看，他俩能不恣得屁颠屁颠儿的？

那捎信的人也是这个心态，呀，到一中转转呀，那可让他俩挖着了（方言：得了好处，占了便宜）！

刘老麻是和我一起上小学的，比我大两岁，曾上过两年三年级。我上高小的时候，他就开始放猪了，我上到初中，他仍然在放。因为同过学，他跟我关系一直比较好。我每逢周六回去，他一般都要找我玩一会儿。他大名叫刘学富，有关他这名字，我曾问过他，刘学富是怎么个概念？

他说，是大人给起的，学着过上富裕生活的意思吧！

我说，有一个词叫学富五车，你听说过没有？

他说，还真没听说过，是怎么个精神？

我说，学富五车，就是家里有五车书，形容一个人读书多，知识渊博、才学高深的意思，叫学富五车，才高八斗，啊。

他说，操，还五车书呢，我家里五本也没有啊！

我说，这只是形容，读过书就是了，不一定非五车不可！

他就说，不过这个解释挺好，以后就按这个解释来，是学富五车，啊，不是学着富裕或向富农学习。

为了证明学富五车，此后他即经常注意学习和运用一些新词。头年建国十周年国庆节那天，村上的小喇叭里直播北京庆祝活动的实况，广播里说，看，毛主席来了，毛主席神采奕奕，健步走上天安门城楼！刘学富就让我解释神采奕奕是怎么个精神。我按词典上的意思说给他，是一种神气和光彩吧，精神饱满的样子。他就说，这个词儿好，比精神抖擞什么的好听，我明天去放猪，也要神采奕奕！旁边的人哈地就笑了，说是你一个熊放猪的，还神采奕奕呢，你还要从猪圈里健步登上莹莹崮吧？

他又自嘲道，不妥是吗？神采奕奕可能只有形容伟人的时候才可以用，咱老百姓顶多也就是精神抖擞或精神焕个发什么的。

我说，你要早这么用脑子，何苦上了两年三年级？

他就说，切，我哪是上学的料！我也就对语文比较感兴趣，算术什么的就白搭了！

人们叫他刘老麻，也不是因为他脸上有麻子，而是与一种植物有关。我们钓鱼台盛产苘麻，为草本植物，它在地里长着的时候，我们叫其为"苘"；待收割、沤泡之后，剥下来的茎皮就叫作"麻"，可纳鞋底、搓麻绳等。刘学富年龄不大，卖麻的历史却较长，名声也不小，别人家的麻半天卖不出去，他家的麻一会儿就卖光了，其诀窍是"三八两块三"，即一斤麻卖八毛，三斤麻他收两块三，他一般还要喊，"卖麻了，三八两块三了哈！"一般人认为这孩子傻×一个，不识数，故而想赚他的便宜，都抢着买，时间长了，即称其为刘老麻。他长年放猪，有时会在山上乱喊一气，有一次我听见他喊"三八二十三，叽咕烂蛋欢"，即问他，三八二十三是怎么个精神？他说，三八不是二十三？我说你是真不会，还是装不会？他寻思一会儿说是，说顺口了，感觉跟"叽咕烂蛋欢"比较押韵，又说，我不是告诉过你吗？我算术不行！多年之后，他当了农民企业家，开始卖猪蹄儿，他仍照此办理，"猪蹄来，三八二十三了哈！"人们才意识到这孩子还是有点经商头脑的，是让利于民，他的那个猪蹄就注册了个"刘老麻猪蹄"的商标。

小笞呢，具体学历不详，我之所以认识她，是因为她经常来我家"借宿"。什么是"借宿"？如今的年轻人或许也不知怎么个概念了，再让我给你来说明。顾名思义，"借宿"就是借别人的地方暂时住宿。金代大诗人元好问《癸卯望宿中霍道院》中道："溪堂借宿从今始，便约儿童具米盐。"元好问说，从此就在溪堂借宿了，刚住下，便有学童送来了米和盐。用刘老麻的话说，小笞家是房小无窝，姊妹众多。她姊妹七个，号称七仙女。她这个"七仙女"，也只是数量的概念，并不是形象的原因。全家九口人，只有两张床，故而每天晚上总要有三两个到外边借宿。她来我家借宿，估计是想跟我姐一床睡来着，但我姐嫌她脏，遂将她塞到了我的床上。那位说了，你姐是故意的吧？错！我姐对我两个估计也没有性别方面的意识，在她眼里，就是小孩！小笞给我的感觉也没有女孩子的概念。她身材矮小，面黄肌瘦，脖子黑细，胸脯平平，裤腿儿永远是一根长一根短，因为整天在山上转悠，挖野菜、找猪食，皮肤较黑，洗了也跟没洗似的。她每次来我家借宿，倒是总能洗洗脸洗洗脚什么的，看上去多少有点小清爽。她脱衣服的时候，我就发现，这孩子还真是瘦，细细的肋骨一条条地凸显着，一点肉也没有的样子，让人顿生怜惜之情。

据说"七仙女"一个比一个厉害，特别能骂人，因为没有男孩，老担心有谁欺负她们，一旦其中的一个跟人吵起来，"七仙女"就一起上，一般都能大获全胜。但小笴从来没骂过我，这当然与她经常来我家借宿有关。她可能比我小个一两岁，记不清她排行小四还是小五来着，她管我叫哥，平时见了我，老远就打招呼，吃饭了哥？因为她小不点、不起眼儿，村里人一般都不注意她，有谁干坏事儿，也不避她，故而能知道好多村里的秘密。比方她说，工作队的那个杨同志跟咱村的团支部书记王秀云好上了。我问她，你怎么知道？她说，有一回我到石炕子峪挖野菜，见一块棉花地头上放着个喷雾器，我寻思是谁放在这里的呀，干完了活也不拿回去。刚要过去看看，就听见不远处有说话声，待我一走近，从树丛的缝隙里看见是他俩。王秀云还在那里擦眼抹泪，之后两人就亲嘴弄景。过会儿王秀云一扭头看见我，说来人了，一下将杨同志推开了，你猜杨同志说什么？我问她，说什么？他说一个熊毛孩子，能知道什么？他娘的，纯是在那里狗吊秧子呀，太瞧不起人了！又说，刘老麻也不是什么好东西，还守着我逮出他那个熊玩意儿大鸣大放地在那里撒尿呢！我说，他可能没有性别的概念，忘了你是女同志了！她就"切"一声，咱又不是公家人儿，还女同志呢！

这些事情，当然都是她来借宿的时候告诉给我的。当时即让我甚是吃惊，立即产生出一个信条：永远不要轻慢任何人，越是看上去不起眼的人，越要尊重他，他心里一定藏着好多秘密，且各有自己的角度和看法。她和我睡在一张单人床上，当然是通腿儿睡。她身子蜷曲着，唯恐多占了地方似的，小嘴在那里喋喋不休，哎，挺解闷儿。我说，你想伸腿就伸，想翻身就翻，总那么蜷曲着，累吧？她就说，习惯了，在家里睡的时候，四五个孩子挤着睡，想翻个身可难了，说着就在那里翻身弄景，呀，还是在你家睡觉舒服！

她对我唯一的不满，是有一次后街的孩子跟前街的孩子打群架，打完了，我任命刘老麻为少校团副，她为大队妇女主任，她即不悦，竟好几天没来借宿，见了我嘴还噘噘着，我说咋噘嘴了，都能拴三头小毛驴了。她说，你凭什么任命刘老麻为少校团副，我才是个大队妇女主任？我说，你想当什么？她说，想当个女游击队长，行吗？我说，怎么不行，下次就让你当，再说，刘老麻那个少校团副是国民党方面的呢，跟咱不是一部分。她就笑了，呀，是这样呀，傻瓜一个，他还自我感觉良好呢，在山上乱喊一气，把小张三拉出去给我毙了，说着就逮着一头壳郎猪狠抽一鞭子！也不说三八二十三，叽咕烂蛋欢了，呵呵……

那个周六的下午，他俩如期而至。老远地看见，两人穿得挺板正，脸洗了，头发梳了，刘老麻还斜挎着个包袱，提着个小咸菜罐；小笤的两条裤腿也一样长了，人五人六的，神情还怪庄重。

一中校区的格局是这样：一进院门是一个大操场，穿过操场，才是学校的大门。刘老麻一看见那个操场就说，这操场不小，比咱庄的场院还大！

我说，原来更大，二百米的跑道呢，现在两边都改成菜地了。

小笤说，还立着那么多架子，上吊好货！

我说，那叫单杠，那边是双杠，那个单杠上还真吊死过人，据说前两年一个体育老师被打成了右派，又失了恋，就在单杠上吊死了。

小笤说，失了恋是啥？

我说，就是他对象跟他黄了，不啰啰儿他了。

刘老麻跑过去摸那个单杠，之后在上头打了个提溜儿。小笤也过去摸，也想打个提溜儿，可一跳没够着。我突然意识到，让她跟我去跋山看作家体验生活，有点残忍了，她才十二岁，身材瘦小，来回六十多里路，一天根本回不来。

我领他俩在校园里转了一圈儿。问刘老麻跟队上请假了吗？他说我跟二小队放猪的刘老平说了，他放猪的时候，顺便把我的赶着，以前我也替他放过！俺娘还让我给你捎了几个煎饼和一小罐咸菜，你上次说俺家的冬瓜"撕"豆子咸菜特别好吃不是？

呀，真的呀，全庄数着你家的咸菜好吃，那豆子是怎么"撕"的来，格外香，就像有油一样，那冬瓜片都透亮，搁嘴里就化了。

他说，撕豆子就俺娘会，具体怎么个情况，我还真说不出来！

按庄亲，我管刘老麻叫小叔，管他娘叫奶奶。据说我这个奶奶在家为姑娘的时候上过识字班，能识不少字，会背小九九，刘老麻上学不行，而我又是庄上唯一的中学生，他娘高看我一眼是可能的。我见过几次，他娘以我为例，守着好多人就"三八二十三"的问题骂刘老麻来着。

我问小笤跟家里打招呼了吗？她说，打了，不打也没事儿。

我说，怎么不打也没事儿？

她说，我家人口多，整天乱哄哄的，少个仨俩的看不出来，有一次我回家晚了，我去吃饭来着，俺娘说，哎，你不是刚吃了吗，怎么又吃？没了！

我说，你姊妹们年龄挨得近，是容易认错了，哎，你老几来着？

小笤说，切，给你说过多少遍了，就记不住，老四！

刘老麻说，是小四儿，还老四呢！

到得宿舍，他二位看见那些两层的双人床也兴奋了一会儿。小笛还爬到我床铺的顶层，说是晚上我就睡在你上边！

刘老麻说，这里分男宿舍、女宿舍什么的吧？

我说，嗯，这是个问题，要不晚上小笛到女宿舍睡去吧！

小笛说，切，又不是没一起睡过！

刘老麻眼睛瞪得老大，他知道小笛到我家借宿，但不知道真实的情况，以为她是跟我姐睡一起的。

我遂说，那你就睡上铺，女宿舍周六也没人，一般都要锁门的。

吃饭的时候，我用我的饭票买了三个地瓜干窝窝头，三个一拉面的馒头，三碗菠菜汤。这个"一拉面"就是粗面，即不曾将麸子箩出来的面，我老家叫一拉面。小笛掰了半块馒头尝了尝，另半块让给我吃，我说吃饱了，又让刘老麻吃，刘老麻也不吃，她就搁手里攥着了。之后我又买了三个窝窝头、三个粗面馒头，准备明天路上吃。

刘老麻问我，你又买这么多窝头馒头的干吗？

我说，一会儿告诉你。

晚上，刘老麻躺在对面的床上，问我，你让我俩来，不是就在这里转转、看看吧？又买了这么多的窝头馒头，是不是还有别的事儿呀？

我说，我先念一篇课文给你们听听吧？

刘老麻说：好啊，念吧，我最愿意听书了。

我念道：

> 王强顺着车站向西去了。当他一离开车站，脚步就加快了，满头大汗地奔到陈庄，找到老洪，一把把老洪拉到炭厂小屋里，低声地对老洪说："有武器了！""在哪里？"老洪眼睛发亮了，着急地问。王强把刚才装军用车的情形谈了，最后兴奋地说："两挺机枪，八十多棵步枪，都用稻草包着。还有不少箱子弹。跟九点西开的客车挂走。""搞！"老洪摇了摇膀子，握紧拳头，斩钉截铁地说，"咱们部队太需要武器了。"

刘老麻说，哦，你是不是让我们去偷枪呀？

我说，想什么呢？这是一篇课文，题目叫《老洪飞车搞机枪》。

小笛从上铺探下头来说，你说的是不是《铁道游击队》呀？

我说：是呀，你怎么知道？

她说，我大姐不是在北京我姨家看孩子吗？她过年回来的时候，说起来回坐火车的事儿，就讲了个电影《铁道游击队》，里面好像有这么个故事，就叫老洪飞车搞机枪！

刘老麻说，妈的，人家《铁道游击队》都看上了，这么些年，我就看了个《南征北战》！

小笤就说，沂蒙山能跟北京比吗？这个东里店我也是第一次来！

刘老麻说，可老洪飞车搞机枪跟咱有什么关系？

我说，写这个《老洪飞车搞机枪》的人，你知道是干什么的吧？

刘老麻说，是公安局长？

我说，比公安局长大！

小笤说，是作家吧？

我说，对了，是个大作家，他现在就在跋山水库工地体验生活，我想和你们一起去看看大作家如何的体验生活！

刘老麻也说，作家可不是好见的，咱三个毛孩子去看他体验生活，也没人介绍咱去，弄不好不等靠近，公安局就把咱抓起来了！

我说，正因为不好见，所以才去看看呀！另外，这个不好见，不是不能见，为什么不好见？因为作家少，稀罕！要是天天都能见，谁还特意去看他？再说，咱去看他，是向他学习，向他致敬，又不是搞破坏，公安局凭什么把咱抓起来？

小笤说，就是，毛主席也经常出来让咱老百姓见见！要不，你咋知道他神采奕奕，健步登上天安门城楼的？

刘老麻就说，嗯，是这么个理儿不假，跋山离这里倒是不远，要不咱就去见见？

我问他，你怎么知道跋山离这里不远？

刘老麻说，你记得那年咱庄来了个推着独轮车卖虾酱的吧？那人就是跋山的，我当时问他老家离咱庄挺远的吧？他说不到五十里，半天就到了，咱庄离东里店十五，五十减十五，还剩多少？

我说，你还是个有心人哩，我就不知道那个卖虾酱的是跋山的，我也打听了，跋山离这里确实就是三十来里地不假！

小笤说，一眨眼就到了！

我说，哎，你别一眨眼就到了，我那会儿还寻思让你回去哩，这一来一回就是六十多里，你小胳膊小腿的能行吗？

小笤就说，切，瞧不起人呢，我哪天不漫山遍野地跑老远？

我说，你真的敢去？

她说，你敢我就敢！

我说，那就这么定了！哎，我告诉你们呀，这个写老洪飞车搞机枪的人叫知侠，全名刘知侠，那个老洪呢？也姓刘，叫刘洪！

刘老麻说，不是老洪吗？怎么也姓刘？

我说，就像你叫刘老麻，有人管你叫老麻一样，是亲近、亲切的称呼；一个老洪，一个老麻，一字之差，知侠同志见了你，问你叫什么名字呀？你说刘老麻，知侠就说了，呀，是刘洪本家呀，一高兴，给你来一篇"老麻健步来放猪"，再往语文课本上一选，不得了了，出名了，省长、县长的正好看见了，呀，老麻呀，跟那个飞车搞机枪的老洪什么关系？下边一报告，是老洪的本家，省长、县长的就说，那来给我当警卫员吧，这么的，警卫员就当上了！

小笪笑得咯咯的，还是少校团副比较厉害！

刘老麻就说，切，你懂什么，毛主席的警卫员，公安局长给他提鞋也赶不上趟啊。

我说，哦，还有小笪哩，知侠同志见了，问你叫什么名字呀，你说叫小笪……

小笪不悦，人家叫高素廉呢，还整天小笪小笪的！

我说，知侠同志就说了，哦，高素莲呀，高雅、朴素的莲花，好！

小笪又纠正说，不是莲花的莲，是廉洁的廉！是咱庄上那个老鱼头给起的！

刘老麻说，老鱼头呀，那老家伙又馋又懒，能起什么好名字！

我说，你别说，这名字起得还真是有点学问，知侠同志一高兴，也给你来一篇，"素廉人小志气大"，再往课本上一选……

小笪就说，你拉倒吧，还再往课本上一选呢！他家专门出课本呀？

刘老麻说，哎，你刚才说的那个作家不好见，不是不能见，正因为不好见才去见的话，挺有道理，还有那个咱去是向他学习，向他致敬的，也不错，就不知道，见了他，怎么向他致敬，是打敬礼呀，还是鞠个躬就行？

我说，这也是个问题，我说你是有心人吧，想得还真细，敬礼怎么打？敬少先队员的礼？不合适，五指并拢举到眉毛旁边，咱又不是军人，我感觉吧，鞠个躬就行，到时看情况吧，重要的是看你的态度，咱跑了三十多里地去见他，这本身就是向他致敬，也许咱什么话也不说，就那么嘿嘿一笑，他就知道是怎么个精神了，作家又不傻！就像这次你俩跑了十五里地来见我，什么话也不说，我很感动一样。

刘老麻说，到时看情况吧，我俩听你的！

半天没听见小笪的动静，刘老麻起身一看，睡了。

我说，咱也睡，明天还得早起！

第二天蒙蒙亮，我们就动身了。奔了二十多里地，太阳才露头。因刘老麻背着我们几个人的伙食，有几次过河的时候，我就背着小筥，我便发现，她手里还攥着昨晚没舍得吃的那半个粗面馒头。我说，怎么还攥着呀小筥？

小筥说，想带回去给我小妹妹吃！

我说，等你攥回去，也该酸了，瞧你身子多轻，自己瘦得皮包骨，还想着你小妹妹！

她说，出来一趟，总得带点东西回去哄哄她！

我听着心里怪不是味儿的，就任她攥去了。

面前一处破败了的寺院，院外有一棵巨大的银杏树，树下则有可做石桌、石凳用的石板及石块。我问他二位，要不咱在这里歇歇脚，吃点东西再走？

他二位说，行啊！

我们坐在那里歇脚吃东西。我答应给小筥一个完整的馒头带回家，让她把始终攥着的那半块馒头吃了，否则不给她了，她才小口小口地吃掉了。不远处有一口水井，有人来挑水，只见他用钩担直接将水罐续下去，摇一摇，就能将水打上来，说明井筒不深。我问那人，大爷，您这庄叫什么名字呀？

那人说，叫诸葛！

小筥就悄声说，这个庄叫煮锅呀，是煮饭的锅？

我说，不是煮饭的锅，是诸葛亮的诸葛，这地方的人说话就这样，连在一起的时候叫煮锅，单独说葛的时候，又叫成了"嘎"，咱那里管葛也叫嘎，那年咱庄上来了个工作队的同志，都管他叫老嘎不是？

又有几个人来打水，他们朝我们这边看看，在悄声议论，是小要饭的吧？

有人说，不像，若是要饭的，这会儿正是快吃饭的时候，应该到各家门口要呀，干吗在这里吃？

刘老麻听见，就喊了一声，我们只是路过这里，不要你们的饭吃，放心吧！

有人就应了一声，哦，那家去喝点水呗！

刘老麻说，甭价，在这里喝口凉水就行。

这时，一个扎着脏兮兮的小辫、背着柴火篓子的老头走过来，问我们，听口音你们就是附近的呀？

我说，是呀，东里店的。

那老头就说，噢，那就不是要饭的，咱这块儿的人都不兴要饭，无雨不倒坛、歉收不化缘嘛，是吧？要饭的都是黄河北过来的。

那老头说话的时候，一边的嘴角有点斜，看上去挺傲慢的一种神情。我问他，您刚才说的无雨不怎么的？

他说，叫无雨不倒坛、歉收不化缘，就是不下雨也不把龙王爷的神坛推倒了，歉收了也不出去要饭！

刘老麻就说，呀，这话有学问呀，您原是这寺院的道士吧？这寺院叫什么名字呀？

那老头眼睛看着我们那几个粗面馒头，馋涎欲滴的样子，我即掰了半块给他，他也不客气，忙不迭地就接着了。咬了一口馒头，眼睛还在寻摸刘老麻放在煎饼上的几块冬瓜咸菜，小笪赶紧将煎饼卷起来，放进包袱里了。他咳咳几声说是，啊，你们是学生吧？你刚才说什么来着？

刘老麻说，我问你是不是道士，这寺院叫什么名字！

那老头说，我原来在这里打更来着，这寺院就叫诸葛观，供着诸葛亮的神像，前年大跃进，让些臭皮匠给推倒了！

小笪问，诸葛亮是这庄的？

那老头说，在这里小住过吧！这个诸葛的庄名，实际是他在这里"住过"的意思，附近并没有姓诸葛的。

刘老麻说，怎么还让些臭皮匠给推倒了？

老头说，不是"三个臭皮匠顶个诸葛亮"吗？敢推倒诸葛亮神像的人，你说应该叫什么？

刘老麻说，哦，无雨不倒坛，是这么个倒坛！

那老头吃了半块馒头，意犹未尽，眼睛还在寻摸小笪紧紧抱着的包袱，我遂说，好了，我们还赶路，麻烦您了大爷！

老头说，噢，这就走啊，不坐会儿了？

路过水井，只见那井口由一整块青石凿就，厚约半米，直径一米的样子。内侧一道道井绳磨出的沟痕深约十厘米左右，显示着它的沧桑。探头一望，井水离井口很近，可以看得见晃动着的水面。又有人来打水，我们就着人家的水罐沿儿，各喝了一肚子凉水，哎，还有点清爽甘甜的感觉。

走出诸葛，刘老麻说，操他的，还歉收不化缘呢，你给他半块馒头，他忙不迭地就接着了！

小笪就说，整个一个又馋又懒又脏的主儿，他那个熊眼直勾勾地，还想袭磨（方言：企图弄到手的意思）咱那点咸菜呢，拉倒吧！

我说，不过他说的这个无雨不倒坛，歉收不化缘，还是有点学问；另外，这庄上并没有姓诸葛的，这个诸葛，其实就是"住过"的谐音，也有道理！

刘老麻说，这家伙又馋又懒又脏不假，他那个熊小辫，可能从来就没洗过，都成毛毡了，臭气熏天！你给他那半块馒头，把他的馋虫给勾出来了，我估计他这一整天绝对会心心念念的，哈喇子大流不止！

我说，本来还想看看那个寺院里面是怎么个概念来着，我怕让他黏上，惦记咱那点吃的东西，赶紧离开了！

说说话话的，跋山水库到了。

跋山水库已初具规模，大坝已成，蔚为壮观。大坝一端的宣传牌上写着：跋山水库位于淮河流域沂河干流上，地处山区丘陵，群山起伏，沟壑纵横。大坝西起无儿崮下的白蜡顶，横跨沂河与跋山相接。库区西北与韩旺铁矿相连，北面与诸葛为邻。大坝呈弓形，全长 1780米，为亚黏土心墙砂壳坝，最大坝高 33.65 米，坝顶宽 7.50 米，大坝上游坡为干砌石方块护坡，下游坡为草皮护坡。设计容量 2.7 亿立方米，为山东第三大水库，又称沂蒙母亲湖。

我们站在大坝的左端，看坝内，水面已是浩如烟海，波光粼粼，有民工在大坝的上端，继续铺砌石方。看坝外，虽没有红旗招展、热火朝天的场面，但仍有几百民工，一部分在修溢洪道，一部分在为大坝种植草皮，工地的宣传棚还在，大喇叭也响着。刘老麻说，好家伙，可真是厉害呀，这坝顶上能并排开好几辆大货车了，往这边看，湖光山色；往那边看，热火朝天，真想喊他一嗓子，啊，我们伟大的祖国啊，正处在光辉灿烂的早晨——

小笪说，还光辉灿烂的早晨呢，让你那个熊嗓子喊出来，还赶不上三八二十三，叽咕烂蛋欢好听哩！

刘老麻说，你个小笪，不会说个话，这么壮观的场面，你看着不激动？

小笪说，它再壮观，跟咱什么关系？

我说，知道吗？这里的水，就是从咱那里流下来的！

小笪说，是吗？

我说，是呀，知道咱县为什么叫沂源吗？就是沂河之源的意思。

刘老麻说，可流到这里，让人家截起来，就成了母亲湖了。

小笪说，哦，在咱那里叫姨河，是姨，到了这里就当了母亲、成了娘，长了一辈呀！

刘老麻说，胡啰啰儿呢，这个姨和娘还是一辈，怎么算是长了一辈？

我说，哎，你别说，还真有这么个说法，我们一直管黄河叫母亲河吧？这个沂河呢，比黄河小，是母亲的妹妹，所以就叫姨河；这个沂河的"沂"字，外地人一般都不认识，也没有特殊的含义，它的用处就是代替"姨"字的，写成"姨河"也不好看不是？

刘老麻说，按说咱从沂河上游来，沿着这条河走可能会更近！要不咱回去的时候，走走试试？

我说，也不一定啦，沂河流到这里不说九十九道弯吧，反正几十道弯是有了，它基本上是绕着山走的，我们却可以翻山越岭，你说哪个更近？

小笪说，他就知道三八二十三，叽咕烂蛋欢！

刘老麻说，还三八二十五，上山打老虎哩！

小笪说，那还不如三八二十六，回家打你舅哩！

刘老麻说，还三八二十七，你满嘴喷狗屎哩！

小笪说，还三八二十八，回家打你妈哩！

我说，你个小笪还真是能骂人，咱来干吗来着？

小笪不好意思地笑笑，还真把这碴儿给忘了，是看那个老洪飞车搞机枪的什么侠来吧？

我说，那还不快去？

我们一行下得大坝，来到那个宣传棚，宣传棚里没人，用苇席扎成的棚墙上贴着几张老的告示与报纸，我从一张耷拉着的《沂蒙大众》上看到一张依稀可辨的照片，说明词是：著名作家知侠在跋山水库工地体验生活，图为：知侠同志与民工一起打夯。我告诉他俩，看，这就是老洪飞车搞机枪的作者知侠！刘老麻看了一会儿，说这是什么时候的报纸呀？仔细辨认，是 1959 年 10 月 13 日的。

我遂将那张报纸揭下来，刚装进兜儿里，来人了。是个公家人模样的女人，她喊了一声，哎，你们在这里干吗呀？哪个单位的？听声音像是大喇叭里的女声。

刘老麻最怕公家人儿问是哪个单位的，有点小紧张，看了我一眼，我说，我们是沂源一中的学生，来这里参、参观学习的。

刘老麻说，嗯，是向你们学习，向你们致、致敬的！

那女人笑笑，呀，是沂源一中的呀，大老远地跑来，专门向我们学习，向我们致敬？

我说，是呀，老师布置了我们一篇作文，叫记一件有意义的事情，我们一商量就跑来了！

刘老麻说，嗯，咱们这一块，我觉得当前最大、最有意义的事情，就是修这个水库了。

那女人说，你语文老师叫什么名字呀？

我说，姓黄，具体叫黄什么忠来着没记清！

她笑笑，是叫黄传忠不是？你们是九级一班还是二班的呀？

我惊奇地，叫黄传忠不假，我们是九级一班的，哎，你怎么知道？

她呵呵着，我和他一家子，他是我爱人！

我说，呀，真巧，在这里遇见师母了！说着向她鞠了一躬。

她说，他回来我就问问他，写篇熊作文，让孩子跑这么远！

我说，您千万别问，不是他让我们来的，是我们自己主动跑来的，黄老师不知道我们来这里。

她就问我们今天还得赶回去吧，之后就让我们去她那里喝点水，也快到吃饭的时间了，吃了饭赶快往回返吧，三十多里路呢。

说起话来，我们才知道，她是沂水县广播站的，临时抽到这里负责工地宣传。一进她那间简易的办公室，果然就有广播器材，麦克风、扩音机之类，大喇叭里正播放着歌曲《逛新城》：为啥城内城外歌声响，为啥人人脸上放红光呀？大喇叭传来党的话，条条知识记心上；千方百计搞生产，劳动的歌声唱不完。阿爸呀，哎，快快走，哦，看看拉萨新面貌；女儿耶，哎，等着我，哦，看看拉萨新面貌。快快走来快快行呀，哦呀呀呀呀呀——

黄老师的夫人姓张，我叫她师母的时候，她自我介绍说，我比你们大不了几岁，别叫师母好吗？我姓张，叫张老师吧！

之后，我们喝水、说话。我问张老师，听黄老师说大作家知侠在这里体验生活呀！

她说，是来过，去年九月份还是十月份来着，他来我们县采访红嫂，顺便到这里看了看，干了半天活，还抬土、打夯什么的。

刘老麻就说，作家可不是好见的，他来这里体验生活，得带警卫员什么的吧？

张老师说，没看见有警卫员呀，有人陪着是肯定的。之后问小笤，你也是九级一班的同学？

小笤脸上红了一下，我不是，我是跟着来玩儿的！

张老师笑笑，跑这么远的路跟着来玩儿，代价不小，以后可不要到处乱跑呀，家里老人该不放心了！

刘老麻说，我们不是乱跑的，都跟家里打招呼了。

张老师说，哦，那就好！其实对学生来说，经常出来走走、看看也是好的，这个跋山其实就是跋山涉水的意思，过去光跋山，无水可涉，现在好了，有了这个水库，就是真正的跋山涉水了，这篇作文你们一定能写好！

说了一会儿话，张老师放了一个吹号的录音，吃饭了！她要我跟她去食堂打饭，我说，我们带着呢！

她说，呀，还带着饭呢，那就留着回去路上吃吧，大老远地来参观学习，还能不管顿饭哪？你们也体验一下民工们的生活。

小笪说，吃饭也叫体验生活？

张老师说，当然啦，三同嘛，叫同吃、同住、同劳动！

饭也是地瓜干窝头，小米稀饭，还有菠菜豆沫，我问张老师，我们在这里吃饭，是用你的饭票吧？

她说，这里是大锅饭，不用饭票的，你们可劲儿吃，吃得饱饱的，不吃白不吃！

我说，那可太谢谢您了！

她说，谢什么？沂水、沂源是一家，没有沂源就没有沂水，若是沂源有能力让沂河改道，不打这里走，这个跋山水库就是干塘一个，吃你水库的一顿饭还不让吃，社会主义的优越性哪里去了？！

说说笑笑的，我们遂放开肚皮大吃起来。

吃完饭，我们告别张老师就往回返了。

回来的路上，议论着跋山之行，收获有三：

一是，及时将我们来看作家体验生活，改为参观学习及什么是体验生活的问题。

刘老麻说，若是照原来那么说，人家一句话就将咱打发了，这是哪年的事儿了？早走了！哎，你一说来参观学习，人家就热情接待，让咱们饱餐一顿！

我说，看到那张报纸，有点小失望，让你们跟我白跑一趟，当时不是老师说错了，就是我听错了，将"曾在"听成"正在"了。我若照原来那么说，人家就会笑话咱没见过大世面，将旧闻当新闻；人家不是说了吗？体验生活就是三同，叫同吃、同住、同劳动。并不是人家在那里干活，你拿着小本本在旁边做记录，没什么好看的。另外，在这样的场合下，民工比作家还是更重要一些。因为作家也是来看望民工的。

二是，沂水、沂源是一家的问题。

刘老麻说，这个张老师挺热情，对人挺亲，可能与她是你师母有关。

我说，也可能，不过她说的这个沂源沂水是一家，没有沂源就没有沂水，咱那里若是将沂河一改道，这个跋山水库就是干塘一个，挺有道理，从这点上说，吃他一顿饭没什么大不了的。

小笤说，我特别喜欢张老师说的那个可劲儿吃，不吃白不吃，呵呵！

三是，诸葛是"住过"，跋山来自跋山涉水的问题。

我说，这回可知道那个"诸葛"和跋山的来历了，诸葛就是"住过"，跋山则来自跋山涉水，见了世面，也长了见识！

刘老麻说，你老师真的布置你们写作文了？

我说，作文还不是每周都写嘛，但没定这样的题目，我是临时编的！

刘老麻说，你师母跟他一说，他要问起你来呢？

我说，那我就问问他，知侠先生是什么时候在跋山水库体验生活的！我明明听他说的是正在跋山体验生活嘛，害我们白跑一趟！

刘老麻说，能有这么多的收获，也不算是白跑了！

半天没听见小笤的动静，回头一看，她系着腰带从路边草丛里出来了。我问她，累了吧小笤？

她跑几步赶上来，不累呀！

我说，难为你了，小胳膊小腿地跟我们跑这么远！

小笤说，没事儿呀哥，跟着你出来，吃了顿饱饭，那个小米稀饭可真香，真好喝！

刘老麻说，是呀，开始还有点不好意思，那个张老师一说不吃白不吃，社会主义的优越性什么的，就放开了，以后再有这样的机会，咱再窜出来咧（方言：此处乃狠吃之谓）一顿！

小笤说，哎，那个歌是怎么唱的来着，开始没听清，光记住了个"阿爸呀，哎，快快走，哦……"

我说，叫《逛新城》，好几段呢，我也只记住了这个"女儿耶，哎，等着我，哦，看看拉萨新面貌。快快走来快快行呀，哦呀呀呀呀呀——"

刘老麻说，人家是爷俩逛新城，咱是哥仨逛跋山！

小笤说，嗯，以后你就有的喊了，三八二十三，一起逛跋山！

刘老麻就笑了，你个小笤，怎么寻思的来，倒是怪顺口！

此后的路程里面，小笤不时地就来上一句，阿爸呀，哎，等等我——

刘老麻则及时地接上一句，女儿耶，哎，快快走——

之后我们一起合：快快走来快快行呀，哦呀呀呀呀呀——

哎，挺愉快！赶回一中，也没觉得累。

看看太阳还老高，我问他俩，今晚就别在这里住了吧，出来太久了，家里也不放心，害你们受累了！

他俩都说，没事儿呀，中午吃得太饱，正好消化消化食儿！

刘老麻将剩下的煎饼让我留着，我让他们将那几个窝头及粗面馒头带着。他俩不带，我说，带回去让家里人尝尝我们学校的伙食！

刘老麻要命也不带，小笤只拿了个粗面馒头走了。

多年之后，说起跋山之行，已为人父母的我们，印象竟然完全不一样。

刘老麻依然强调，作家不是好见的，别拿作家不当干部！

小笤则说，那时的一拉面馒头，怎么那么好吃呢？我后来专门做过多少次，可再尝不出那时的味儿来了。

我印象最深的则是那个"无雨不倒坛，歉收不化缘"，还有那个诸葛，就是"住过"，跋山水库取自跋山涉水。

1988 年的秋天，一次省里面的文学工作会上，省作协的一位同志找到我，说是知侠同志想见见你，你方便吗？那时我依然有着"作家不是好见的"那种观念，遂忙不迭地跟他去了。还有几个比较有名的青年作家已经在走廊上候着了，一进门，一介绍，知侠夫妇即挨个跟我们握手，哈哈，早就想见见你们，只是不知道你们的联系方式，这回都见上了，哈哈——他的手很大，说话嗓门也不小，说起话来，我们才知他已经退休了，这次是专门从青岛赶过来看望大家的。

大家心里很温暖，都抢着说话。轮到我有机会说话的时候，即告诉他当年我们几个小孩专程去跋山水库看他体验生活却没见上的事。他就笑了，哈哈，是吗？跋山水库我是去过的，是五九年的秋天吧，你们六〇年春天去见我，怎么能见上？害你们跑了六十多里路。

开完会回到家，我将见到知侠先生的事告诉给刘老麻，他那时已经到县城做猪蹄的生意了。他很惊讶，呀，那可是不容易呀，你跟他说我也去跋山了吗？

我说，当然呀，我能不说吗？只是当时人多，不容易插上嘴，就没详细介绍你的情况。

他即说，刘老麻猪蹄的商标注册下来了，你跟知侠先生熟，你看能不能请他题个词，印到包装盒上？

我说，你让大作家题刘老麻猪蹄呀？他肯定不会题，甭说他了，你就是请东里店的镇长写，人家也不会写！你自己也说别拿作家不当干部不是?

他说,还请镇长写呢,他想写我也不让他写呀,县长写我也不让他写!

我说,你这是广告行为,你将大作家跟猪蹄联系在一起,也不像个胡琴,你若干点公益事业嘛,比方资助个希望小学或养老院什么的,他差不多就能给你题了!

刘老麻就说,嗯,我能理解,作家特别看重自己的名声是吗?

我说,谁不看重自己的名声啊!

有一年,我至青岛参加了个笔会,知侠夫妇又去看了我们,还请我们几个青年作家到他家吃了顿饭。回来不久,刘老麻找到我,说是,那年你说若是资助个希望小学,知侠先生就会给我题词是不是?这回我还真资助了个希望小学,秋后就举行开学典礼,你请他题个校名可以吗?

我说,应该差不多,关键是你这个希望小学叫什么名字,若是叫刘老麻希望小学,他也不会干!

他说,当然不叫刘老麻希望小学了,就叫"学富希望小学"怎么样?学富五车、才高八斗嘛,当年还是你告诉我的。

我说,我试试吧!

可刚把信寄走,一个不幸的消息传来:知侠同志去世了。刘老麻也看到有关消息了,立即就给我打电话说,怪遗憾的是吗?大作家还真是不好见!遂让我代劳,给他题了个"学富希望小学"的校名。那是我第一次题这玩意儿,字不好看,心里一直怪忐忑的。

第四章　钓鱼台纪事

上　篇

一

沂蒙山有个钓鱼台。钓鱼台没鱼可钓，但又为何叫这个名字，不知道。不是每一个庄名都能说出来由的。

钓鱼台的姑娘美，一个赛一个；钓鱼台的姑娘多，一抓一大把。有"若看风景燕子崖，要看姑娘钓鱼台"的说法。

钓鱼台的姑娘美，原因挺复杂。当地比较流行的说法，是水土的关系。这里没鱼可钓，却有的是山泉。山泉的水，清又纯，喝了，能舒筋活血，清心健脾；洗了脸，不搓雪花膏，有花露水味儿。外加整年吃不饱，肚子不大，食物中多含叶绿素，榆钱儿、柳叶儿的不少吃，腰细。

钓鱼台的姑娘多，原因挺简单：打仗。庄上青壮年中的大多数都到部队里当兵去了，外加支前的，南下的，剩下的都是老弱残疾，姑娘们就相对地多起来了呗！

钓鱼台是姑娘们的天下。

说这话，是二十世纪四十年代末期的事。

二

回溯数年，三十年代末、四十年代初，沈鸿烈驻扎东里店。钓鱼台的形势复杂起来了。

钓鱼台在东里店以北五十里；钓鱼台以西十五里是八路军正规部队和游击队驻着；以东三十里，是日本鬼子的一个小队。

三足鼎立，钓鱼台正在夹缝儿里。

兔子不吃窝边草，钓鱼台处在相对静止中。

钓鱼台的村长叫刘乃厚，是男的，这年十四岁，个子跟村公所的那根秤杆子差不多高，两个袄袖子擦鼻子擦得锃明，有金属感。他不识字，但会看秤；脑子不很灵活，伺候一阵子部队，人家走了，还分不清是哪一部分。他会抽烟，耳朵上经常夹着不知哪一部分给他的烟卷把儿，抽完烟，把烟头儿往随身携带的秤杆儿上一捻，秤杆儿细的那一端让烟头儿烧得木头煳了，秤星儿没了，称东西用着那地方的时候，就煳儿马约（方言：稀里糊涂、稀里马虎之意）的。

八路军正规部队、游击队和沈鸿烈那边儿，经常来钓鱼台。吃饭，刘乃厚在村公所伺候；需要住宿，就到各家去称铺草。往外拿的时候，他称得煳儿马约，往回送的时候，他称得很准。

这庄上分别有在八路军和沈鸿烈的部队里当兵的，回家也不用偷偷摸摸，刘乃厚听说后就往村公所请。他管他们叫"吃公粮的"。有时候，他能同时请两个分别在两部分当兵的去吃饭。那两位也不介意，把枪放到炕上，一个桌上喝酒，喝到一定程度还划拳。

刘乃厚很骄傲，经常训斥比他的年龄和个头儿都大许多的大姑娘、小媳妇。只有两个他不敢训，一个是妇救会长，叫李进荣，按庄亲他管她叫二奶奶；一个是青救会长刘玉贞，他的一个本族的大姑。这两人是秘密着的共产党员，但他并不知道。他怕她俩的原因是因为一条人命案，他知道，又不敢说。"说出去扒了你的皮"，是他大姑刘玉贞的话。

李进荣个头儿很高，膀大腰圆，三十七八岁，没缠脚，走起路来"扑腾扑腾"的，老远能听见。她臂力过人，一只手抓着他的脖领儿提溜起来很轻松，独轮车推五六百斤跟玩儿一样。

刘玉贞比他大三岁，十七，长得高而不大，壮而不胖，美而不俗，她大叔和二爷爷分别在八路军正规部队和游击队里当连长和副队长，他怀疑她手里有枪，因为她会打。

"要看姑娘钓鱼台"的说法，传得很广，沈鸿烈的部队里也有不少人知道，其中有个小当官儿的听说之后就来想好事儿。刘乃厚照例好酒好肉地伺候。喝到酒酣处，那人把匣子枪往炕上一扔，开始讲"老子"怎么过五关斩六将，然后张开大嘴，让刘乃厚看他的金牙。刘乃厚从没见过这玩意儿，不知怎么弄上的，很稀奇，很羡慕。

"好看吧？"

"好看！"

"如今大闺女就喜欢这个，奶奶的，为了镶这个金牙，老子把一个好牙硬硬地拔下来了。哎，小孩儿，你找个大闺女来，给老子倒酒！"

刘乃厚这便去找。在村公所专管炒菜的老头儿听见大金牙的话，把他叫住了："这人没安好心眼儿，你别傻乎乎地就去找！你去问你二奶奶一声！"

刘乃厚这才去找李进荣。李进荣正吃饭，听完他的话，问道："来了几个？"

"就他一个！"

"你先回去，就说'你要的大闺女马上就来'！"

刘乃厚颠儿颠儿回去了。

李进荣悄悄地跟到村公所，从窗棂儿里看见大金牙块头不小，又悄悄地退出来，去找刘玉贞。正巧刘玉贞的二爷爷、游击队副队长刘杰在家。刘杰一听大金牙，很兴奋："很可能是他！"

"谁？"

"这人是个汉奸！正给鬼子和沈鸿烈牵线儿呢！"

"那就拾掇了他！"李进荣说。

三人商量了一番，刘杰让玉贞去村公所先稳住大金牙。李进荣不同意："孩子小，俺去！这么俊的闺女，让这种人看见都便宜了他！"

那时节，大金牙正喝得迷迷糊糊，见进来的是个不很年轻的妇人，有点扫兴，可再一细看，却也觉得这个也将就。于是迫不及待地就要不规矩，他龇着金牙拃掌着手向她的胸前掏去。只见她笑眯嘻嘻地就将他的手扭到了后边儿：没等大金牙醒过神儿来，门外进来两个人，是刘杰祖孙俩，三下五除二就把他给收拾了。

刘乃厚没见过这阵势，吓得躲在墙根儿里尿了裤子。刘玉贞将他提溜起来，杀气腾腾地："说出去扒了你的皮！"

就因为这件事，他怕她俩。

刘杰怕沈鸿烈报复，跟她俩嘱咐了几句，连夜调队伍去了。

没几天，日本鬼子的飞机炸了东里店，沈鸿烈没来得及报复，往南跑了。

三

刘乃厚村长当得很辛苦，很难，尽管他自己抬举自己，骄傲一会儿，训训没能耐的大姑娘、小媳妇，可多数人没把他当回事儿。他爷爷经常拿烟袋锅子敲他，他娘也经常拿笤帚疙瘩抡他，这很伤他村长的尊严。

说起他挨他爷爷的烟袋锅子敲，除去挨敲的本身不太光彩之外，这挨敲的原因，却不能不说是他的一件英雄事迹。若干年后，当他得势的时候，在他讲到"从小参加革命"的光荣历史时，经常提及这件事儿，但这是后话。

日本鬼子还没炸东里店的时候，驻扎在钓鱼台以东三十里的那个鬼子小队，偶尔也到钓鱼台来过。钓鱼台三面环山，山很大，峪很长，一旦有武装人员四散开去，就是大部队搜山也很难找到。因此小鬼子一般不敢在这里轻举妄动。

鬼子小队第一次进钓鱼台，庄上的人都跑了，刘乃厚自恃当村长，没跑，扛着秤杆儿迎了上去。初见时，鬼子没看清他扛的什么武器，唰地一个队形，端着刺刀围了上来。走近了，见他笑眯嘻嘻，没有动家伙的意思，放了心。刘乃厚将他们迎到村公所，就要烧水做饭，不想鬼子自己动起了手，去各家抓鸡牵羊，在村公所煮来吃。刘乃厚也帮着提水、抱柴火，鬼子小队长还拿出一包糖块儿让他"米西"。因为不知道钓鱼台的政治和地理形势，鬼子的胆子很大，在杀鸡宰羊的过程中，就把枪架在院子里。刘乃厚见枪架附近有一堆铁盒子，上面画着搔首弄姿的美人儿很好看，他动了心，当再次抱柴火的时候，便用脚踢了两个到柴火堆里。

鬼子走了，庄上的人回来了，他将那两个圆铁盒子拿回了家。他爷爷一看，勃然大怒，用烟袋锅子敲着他的头："狗日的，你知道这是什么东西就往家拿？"

"不知道！"

"这是炸药！还不赶快给我扔出去！"

一听炸药，刘乃厚吓了一跳，就赶忙往外拿。在往外走的过程中，他动了一番脑子，扔到哪里呢？扔到山上？要是拾柴火的小孩儿见了，不知道是啥东西，把它弄响了呢？炸着人呢？他还知道炸药怕水，正好前边儿老槐树底下有口井，便把那两个圆铁盒子扔进了井里。他娘听说他把炸药扔到了井里，拿笤帚疙瘩抡他："王八羔子，你扔到井里，庄上的人上哪打水？"他娘心眼儿挺好，告诉四邻八舍"别吃井里的水了，里面有炸药！"

好在钓鱼台村外山泉有的是。打那，庄上的人，都到村外去挑水吃。

这便是若干年后，他经常提起的同日本鬼子"机智灵活"开展斗争的那件英雄事迹。

四

日本鬼子投降，沂蒙山解放了。

刘乃厚的村长被撤了职，村长由青救会长刘玉贞担任，妇救会长李进荣当了党支部书记，刘杰回村当了治保主任。刘乃厚方才知道：庄上还有这么多共产党员，连他爷爷，还有几个过去他经常训过的大姑娘、小媳妇也是。

村长是个苦差事，但撤了职，毕竟不是件光彩的事，他有点小牢骚。

往后，庄上常过解放军，每当需要住宿的时候，刘玉贞还非常注意发挥他的特长，调动他的积极性，让他烧水、称铺草。秤杆子他还经常扛，耳朵上照例夹着烟卷把儿，不过神气上稍微差了点儿。

这年钓鱼台来了土改工作队，说是叫队，其实就一个人，是女的。看来，钓鱼台的情况，上边儿很熟悉，这庄上没有雇长工、短工、吃剥削饭的，只有一个雇过工，雇的还是他本家的一个哥哥。钓鱼台土改工作量不大，所以只派了她一个。

她叫曹文慧，比刘玉贞稍大点儿。钓鱼台的姑娘美，她比钓鱼台最拔尖的姑娘还好看，怎么美她怎么长，该苗条的地方就苗条，该丰满的地方便丰满，再加上会打扮，那就更是盖了！她留着短发，扎着皮带，皮带上挂着小手枪，既英俊又威武，刘玉贞让她比得怪丢得慌。

曹文慧没住村公所，住在玉贞家。玉贞的娘那时刚给玉贞生了个小弟弟，她爹五十岁得子，恣得了不得。玉贞的娘，生了孩子得了病，当玉贞把曹文慧领回家的时候，她娘还躺在炕上，管曹文慧叫"工作同志"。

玉贞和文慧一铺睡，她叫她"曹大姐"，她叫她"玉贞妹"，叫得挺亲，跟亲姊妹俩一样。

玉贞很快就发现曹文慧的黄挎包里有一个跟蜂窝似的"小机器"，放到嘴上，吹气能响，吸气也能响，而且响起来怪好听。挎包里还有个小本本儿，里面写着数码字儿，玉贞问她："是账本儿吗？"

文慧笑了："不是！傻妹妹，这是歌谱儿！"

于是文慧按着歌谱唱起了"嫂嫂，嫂嫂，蜜嫂，嫂倒拉嫂嫂……"

玉贞挺纳闷儿，心里话："曹大姐唱的歌里，怎么净'嫂嫂'？"

她唱一遍，又用那"小机器"吹一遍，吹的跟她唱的一个调儿。玉贞越发纳闷了："这'小机器'叫什么？"

"是口琴！"

"口琴？得几年才学会？"

"不用几年，你识了字就会了！"

往后曹文慧教她唱"北风那个吹，雪花那个飘……"唱"解放区的天，是明亮的天……"

文慧唱得很甜，很好听。

这时候，玉贞也确实觉得：天格外蓝了，地格外大了，水格外甜了……

但刘玉贞很敏感，曹文慧叫她"傻妹妹"，她不痛快了好几天。她在钓鱼台的姑娘中，算是最有能耐的，家里、地里、公事、私事，她都能拿得起，放得下，可曹大姐还说她"傻"。过后，她又冷静地想了想，跟人家曹大姐一比，可不就是傻吗？

这天晚上，睡觉的时候，她哭了。文慧挺奇怪："怎么了，你？"

玉贞不搭腔。待到文慧躺下的时候，玉贞趴在她耳朵上，不好意思地说："曹大姐，你懂的事儿真多，俺怪馋得慌，跟你一比，俺活了这么大，就跟白活了一样！"

文慧嗔怪地："真是个傻姑娘，这点事儿也值得哭？以后学就是了，我教你！哎，这两天咱也学了上级的政策，你说王文敬家该定个什么成分？"

"按说该定个富农，可王文敬的大儿还在咱队伍上，再说他雇短工雇的又是他没出五服的一个哥哥，定高了合适吗？"

"文件上可没说儿子参加革命，就可以划得低一点儿……"

"进荣二婶怎么说？"

"她说上级怎么说就怎么办！"

"那就定富农。哎，高三婶子，刘乃厚他娘，李五爷爷，还有几家，这两天找俺，说要把成分改得高一点儿，改成中农呢！"

"为什么？"

"他们说定成贫农，怪丢得慌！"

文慧哈哈笑了："……我的乡亲们哪！"

五

刘玉贞的长辫子铰了，也会唱"北风那个吹"和"解放区的天，是明亮的天"了。个别地方唱得不很准，她自己又加进去了许多拐弯儿的调儿，但听起来格外好听，格外有味儿。

玉贞铰辫子和会唱歌儿这两件事儿，有点脱离群众，姐妹们有点嫉妒："当个村长，就跟工作同志样的，还铰成半毛儿，没看看自己穿的什么，配吗？"

"人家行噢，家里住着工作同志，有人教，会唱歌，咱白搭！"

"人家还会弹……什么琴？"

"口琴！"

"对，弹口琴！"

……

这种议论很多，但刘玉贞本人并不知道。

这天，她跟文慧去村外泉边挑水，遇见进荣二婶，李进荣给她传了传话，她就直问："谁说的？谁说的？"

文慧在旁边笑笑说："人家说说怕啥的？抽空儿我教她们，让大伙儿都会唱！"

回家的路上，文慧要挑，玉贞问她："你行吗？"

"我试试！"

文慧不会挑，挑起来前仰后合，扭扭摆摆的，玉贞说："还是我来！"

"不，我非把它挑回家不可！"

回到家，文慧累得满头大汗，肩膀也压红了。她问玉贞："老槐树底下，不是有井吗？怎么都到村外去挑水？"

"井里，让刘乃厚这个私孩子扔进炸药去了！"

"什么炸药？"

"不知道！乃厚说用铁盒装着！"

"走，去看看！"

井里，黑漆溜光，石缝里长满了青苔。文慧脱了鞋就要下，玉贞拦住了："不行，你没下井的样子，谁扔进去的让谁捞！"说着就打发旁边的小孩儿去叫刘乃厚。

不一会儿，刘乃厚扛着秤杆子颠儿颠儿地来了。

三年过去了，他好像没见长，鼻涕是不流了，耳朵上却仍然夹着烟卷把儿。他平时还偶尔发点小牢骚，嫌村公所没村公所的样子啦，怨公家来人往各家派饭啦……但在刘玉贞面前他却毕恭毕敬，不管他正干着什么，只要她叫他，便马不停蹄地跑去。他让她吓破胆了。那晚上她提溜他，杀气腾腾的那个凶神样儿，他一辈子也忘不了。

"大姑，啥事儿？"

"下去，把你扔下去的东西捞上来！"

刘乃厚哼哼了一会儿，他不是不会下，他是怕那东西响了。

文慧看出了他的心思："不要紧的，是炸药，在水里泡了这么多年也不会响了！"

这时候，井边儿上早就围了好多人，刘乃厚也有点儿英雄主义的小特点儿，这会儿，想在众人面前露露脸儿，便让人找来筐子和笊篱，然后把点着的灯笼放到筐子里，用绳子吊下去，把笊篱往腰后一别，才顺着灯光慢慢往下挪。

水很深。笊篱把儿很短，捞了半天没捞着，他干脆跳到了水里。

当那两个铁盒被提上来的时候，围观的人们，"唰"地跑出好远，都怕那玩意儿有危险。

文慧看了铁盒却笑得直不起腰来了，笑够了，她拿起两个铁盒对大家说："乡亲们哪，这不是炸药，是罐头！"

"罐头？"

"罐头是干什么的？"有人问。

"罐头是好吃的！"

"好吃？"

"你敢吃吗？"又有人问。

"敢！不过，我不舍得吃！咱们慰劳下井的吧！"

这工夫，刘乃厚刚从井里露出脑袋，冻得嘴唇发紫，浑身打"哆哆"，听见这话，以为是取笑他，便真的动了肝火儿："没看俺冻成这样儿，还作践俺！"

文慧把他拽上来："小兄弟，不诳你！真的好吃，不信我吃给你看看！"

说着就让人拿镰刀把盖儿启开，自己先吃了一口，"咦！是狗肉！快吃点暖和暖和！"

众人见这东西确实好吃，又不舍得了："别给这小子吃！娘的，害得咱全庄三年到庄外打水吃！"

"可怜可怜他吧！你看他冻得那个熊样儿！"

人们七嘴八舌，争吵不休，玉贞却就不知什么时候眼圈儿湿了："别吵了！谁也甭怨！都怨咱不识字啊！曹大姐，您教俺识字吧！"说完，"呜呜"地哭了起来。

众人受了她的感染，想起这些年因为不识字受的那些难为，都哭了，连刘乃厚也掉了眼泪。

曹文慧眼睛也红了："大伙儿放心，现在土改也搞完了，明天咱就开办识字班！"

六

钓鱼台第一个识字班，就在井台旁的老槐树底下办起来了。开学后的第一件事，是给大姑娘、小媳妇铰辫子，铰髻子。这是刘玉贞的决定，"封建尾巴不割的，不准参加识字班"。"封建尾巴"的话，是她跟文慧学来的。

她这个决定不大得人心。

"从娘胎里带出来的东西也能铰？"

"您当干部、办公事，剪了行，俺小百姓家铰了像啥话？"

"他大姑，你抬抬手，行行好吧，要铰让姑娘们铰，俺老婆家就甭铰了吧，唵？"

"都给我铰了！"李进荣不知什么时候来了，舞舞扎扎地就一声断喝，"从娘胎里带出来的咋不能铰？你下生的时候，脐带儿不铰还不行哩！你那几根黄毛儿就那么值钱？当小百姓的咋不能铰？小百姓就不干革命，不奔社会了？先铰我的，跟我一般大的，比我小的，统统铰，我今年平四十！"

"那得问问俺舅！"

"你舅见了要不愿意，让他找我！"

这时候就有几个想溜的，李进荣喊道："玉贞！把你刘杰二爷爷叫来，让他带上枪！"

人们一听要去叫刘杰，都不敢动了，他们三个杀大金牙的事，这时候已经在庄里传开了。

"玉贞啊！你就别麻烦他老人家了，俺剪就是！"

"识字还得剪辫子，唉，铰吧！"

于是乎都铰了。

剪完了头发，吹口琴。曹文慧把会吹的曲子都吹了。完了，每人又把口琴传看了一遍，最后由曹文慧教唱"北风那个吹"。

第一堂课上完了，剪头发的时候，还哭哭咧咧、哼哼唧唧的大姑娘、小媳妇们，这时候都夹着小板凳儿唱着笑着离去了。

七

识字班不光识字。这时候莱芜、孟良崮，往后是淮海大战相继打响了，识字班又担负起了动员民工队、做军鞋支前等任务。

识字班动员民工队很得罪人，刘玉贞得罪的最多。按庄亲该叫四哥的刘德厚是她动员出去的。这年麦收前的一天，西北角上突然压上来一块黑云，各家都忙着收自己的麦子去了，刘德厚的老婆披头散发，满脸鼻涕地找到玉贞："我跟你拼了！"

玉贞一闪身："我正要去给你割麦子，你拼什么？"

"你一个人顶屁用！"

"现在这么急，上哪找人去？"

"你的识字班呢？你的村长呢？我不活了！孩儿他爹呀！我不活了哇！"哭着就跟玉贞扭到了一块儿。她哪是玉贞的对手！玉贞一拳把她打倒："你要好意思，就在这里疯吧！"这时正好文慧赶来，两人去给刘德厚割麦子去了。刚割完，雹子也下来了。玉贞家的麦子一棵也没割，全砸到了地里。

玉贞娘从炕上爬到院子里，连急加哭带雹子砸，昏过去了，她的弟弟在雨水里"哇哇"地哭，一群小鸡儿的死尸在院子里的水洼儿里漂着……玉贞回到家一看，号啕大哭起来。

识字班刚开始的几个月，刘玉贞忙着自己识字，再加上爹支前，娘有病，回家还得哄弟弟，没怎么顾上别的学员，多一个少一个的，没往心里去。这天，刘乃厚拿着那盒罐头来找她："给俺小叔吃吧！"他管她小弟弟叫叔。递上罐头，他猴猴着脸，蹲在旁边不走。她问他："有事啊？"

"有点事！"

"说吧！"

"俺替乃义家二嫂上识字班行吧？"

玉贞很奇怪："你凭什么替她？"乃义不是他的亲哥哥，先前他在沈鸿烈的部队里当兵，日本鬼子炸东里店的时候，把他给炸死了！刘乃厚管乃义的老婆叫二嫂，她比他大四岁。

刘乃厚吭哧了半天，说道："嘿嘿，那档子事，您还不知道吗？"

玉贞先前对他俩倒是有所耳闻，可光寻思刘乃厚还是个孩子，就没往心里去，听他的话音儿，想是真的了，她装作不知道地问他："哪档子事？"

"嘿嘿……她有了！"

玉贞一下羞红了脸，马上又板起脸孔："人小心不小，干这种丑事！"

"不是我……是她……"

"你十几了？"

"虚岁十八！"

他个子小，玉贞先前没以为他这么大，如果知道，她早动员他支前了。她想狠狠骂他一顿，可这种事她从没遇到过，不知怎么处理，就说："你去找进荣婶说去！"

"往后，识字班里要是有什么事，俺多干点儿！"

过后李进荣告诉玉贞，刘乃厚跟他二嫂的事，是该怨女的。

刘乃义的老婆，是富农王文敬的三闺女，叫王艳花，长得不错，就是懒点儿，馋点儿。早先刘乃义的爹跑小买卖，贩个虾皮儿什么的，家境不错，刘乃义识几个字，会记账，王艳花看中了他，她爹也同意，就嫁给了他，那年她十七。后来刘乃义不知怎么跑到沈鸿烈的队伍里当了兵。日本鬼子炸完东里店，跑到钓鱼台扫荡过一回。村长刘乃厚这回没敢待在庄里，也上了山，他跟王艳花躲在一个地窨子里，从里面又把洞口垒起来。头回鬼子送给他一袋糖临上山也没忘了，他俩正在洞里吃糖，鬼子追到了山上，两人都听见鬼子的皮鞋声了。这时候，一条花蛇从石缝里钻了出来，王艳花吓得脸干黄，大气也不敢喘，眼看要爬到她身上的时候，刘乃厚一把抓住了蛇头，又怕弄出响声，就往石头上磨，把蛇磨死了，他的手也磨破了。王艳花很感动，打那以后，她对他挺好，她公公不在家，婆婆早死了，有点好吃的也叫他去吃。上回刘乃厚下井捞罐头，上来之后感冒了，王艳花给他熬姜汤，让他捂着被子出汗，她守了他一夜。刘乃厚他娘孩子多，不怎么管他。王艳花把他的病养好了，他很感激，她问他："你怎么感谢我？"

"给你干活儿！"

"你这点小人儿，力气还没我大呢，能干啥？"

"你叫我干啥我干啥！"

"那好，你给我端盆水来！"

"干啥？"

"给我洗洗脊梁！"

她把衣服脱了，他就给她洗。三洗两洗，就洗出事儿来了。

"你说怎么办？"玉贞问。

"我也不知道该咋办，要不，去问问文慧！"

李进荣将这事儿跟文慧又学了一遍，文慧说，"恐怕也不能全怪女的，我原先也觉得他挺老实，见了玉贞妹跟老鼠见了猫一样，可前天我在沂河里洗澡，有个人趴在树丛里看我，我一喊，他跑了，看背影挺像他！"

李进荣说："让王艳花把他勾引坏了！"

文慧突然深沉地说："谁都不要怨，其实这是一种正常的感情，我们是女人，战争把姑娘们留大了，让女人们受苦了！"

她俩从她的这不太好懂的话里，觉察出了什么，她们对她的心事一无所知。

好半天，李进荣又说："按说刘乃厚那一年维持会长当得算不赖，当时大伙儿耍弄他，选他当村长，他就认了真，庄上还就得有这么个爱跑腿儿的！"

玉贞说："咱识字班里要不要男的？像刘乃厚这样的咱们收不收？还有，孩子们怎么办？"

文慧笑笑说："男的要是好意思参加，让他们参加就是了！孩子上学问题嘛，现在还打仗，要上级派教员来恐怕不可能，要不，咱们先把学校成立起来，从识字班里选几个学习好的当教员，怎么样?"

"行!"

八

钓鱼台的识字班里，大姑娘多，小媳妇少，渐渐的"识字班"成了大姑娘的代名词。沂蒙山区各地的情况差不多，一提识字班，就都知道是大姑娘。

识字班们学习很刻苦，如同"洛阳纸贵"一样，钓鱼台里一时铅笔贵。李进荣和她的女儿都参加了识字班。她年纪大了些，学习格外吃力，每当看着她用舌头蘸蘸铅笔尖儿，一笔一画地学写字的时候，曹文慧心里总是热乎乎的。而她的女儿却常常因为她写错了某个字，就大声吵她，她脸上泛起惭愧的神情，一声不吭，这是她唯一允许别人可以顶撞她的时候。

钓鱼台的识字班，使全村大部分妇女都能识字了，这里的女人比男人的文化水平高，像刘玉贞、李进荣她们，都能看报纸、做记录了。为着学文化，她们付出了相当的代价。这中间，刘玉贞的爹在淮海战役支前的时候牺牲了，她娘得病死了，她背着刚会走的弟弟既当村长，又参加识字班。一九五五年，当她作为沂蒙山区第一个女社长参加全国劳模会的时候，她的发言稿就是她自己起草的。

钓鱼台的识字班，使全村姑娘们身价倍增，当支前的、参战的男人们都回来的时候，他们发现，识字班们不仅把持着庄上的所有领导权，而且一个个的还有点儿牛皮烘烘，就像她们的功劳比他们还大似的。她们满口的新词儿，动不动就跟你理论理论；她们胆大妄为，随便就在沂河上的柳林里划禁区，中午不让男人们去，而她们自己则嘻嘻哈哈，赤条条的就下河洗澡；她们闹自由、自己搞对象，找对象还要看奖状，看特长；嫁妆不要柜子、橱子，单要钢笔、本子，个别奢侈的还要口琴；她们搞新式婚礼，包袱一拎就上了婆家……钓鱼台的上层建筑不知不觉地就发生了许多变化，而男人们并不难接受。

新中国成立后，曹文慧当了钓鱼台乡的第一任乡长。后来，她跟她的同学，一个从抗美援朝战场上回来的团副政委结了婚。若干年后，刘玉贞的弟弟当了作家，跟曹文慧的女儿结了婚，但这是后话。

下 篇

一

历史有惊人的相似之处，新中国一成立，曹文慧当了钓鱼台乡的第一任乡长，三十四年后，她的女儿肖英仍然在这个地方当乡长。所不同的是：肖英当乡长时的年龄大了些。她与刘玉贞的弟弟刘玉霄结婚后，生了一个儿子，儿子的年龄也跟当年她母亲当乡长那时的刘玉霄的年龄差不多了。

一九八四年春节前后，沂蒙山区县社一级机构改革，钓鱼台又由公社改回了乡。当"蒙北县钓鱼台乡政府"的牌子，在掌声、锣鼓声、鞭炮声中，由肖英亲手挂到原公社大院儿门口的时候，在场的五十岁上下以及这个年龄以上的钓鱼台人民，都眼泪汪汪的了。"乡政府"的牌子，连同挂牌子的人，使他们想起曹文慧、刘玉贞时期；想起识字班时期；想起他们自己拿着结婚证书，幸福而羞涩地从挂着这块牌子的门口进去或出来的情景；想起拿着户口本儿到这里往那上头填上一个新的小成员的情景……

这种场合，刘玉贞自然是非到不可的，她的心情，表情，较之其他人是更复杂的。肖英挂好牌子，跑到玉贞跟前，见玉贞泪水纵横，有点奇怪："姐姐，你哭什么？"

"……没什么，那边儿，进荣二婶在那里，你去看看她！"

人群的一角，李进荣老太太拄着拐杖同样地感慨不已，见肖英走到跟前，便问："小英子，你妈咋没来？没给她打封信说声？"

"俺妈正在办离休手续，过几天玉霄跟她一块儿来！"

"好，好，好好干，啊？"

这时候，刘乃厚猴猴着脸，也凑了上来！"小婶子，你跟俺姥娘当乡长的时候，一个样儿哩！"说着把脸转向李进荣："是吧，二奶奶？"

他五十多岁了，仍然长着个孩子脸，脸上带着谦恭和讨好的表情，"小婶子"叫得挺亲。肖英在众目睽睽之下，让他叫得脸上泛起了一片红晕。

这一天，对钓鱼台来说，真是美妙而又阳光灿烂，天格外蓝，格外明亮……

二

肖英在她妈还没结婚的时候，就让她妈把将来可能有的她许配给了刘玉贞的弟弟。当时，她妈与刘玉贞开的是玩笑话儿，到后来，想不到却成了真的。

当战争刚一结束，支前、参战当中的一部分回家来的时候，钓鱼台以及附近的村里，出现了一个谈对象和结婚的高潮，识字班们都忙着找主儿和准备出嫁去了，学文化的事就降到了次要的位置。

这东西很容易传染的。钓鱼台乡政府结婚登记证的存根一天能积好几本儿，曹文慧有点沉不住气了。

这天，她买了酒，去找刘玉贞："给我杀只鸡！"

"来客了？"

"没有！咱自己喝，自己吃！"

"是你的生日？"

"什么生日不生日的！我当乡长的，喝点酒还要等过生日？"

这神情连同喝酒的事情本身，把玉贞吓了一跳："你会喝酒？"

"会！男人们会干的，我都会！"

曹文慧并不会喝酒，喝着喝着，突然哈哈大笑起来，笑得很狂，笑过之后，又呜呜地哭了，哭得很伤心："妈的，我等不了了，老子二十六了！那个没良心的，活着不来个信，死了不通个知！我恨死那个兔崽子了！"

玉贞第一次看见大乡长披头散发、鼻涕一把泪两行的样子，第一次听她这么难听、这么粗野地骂人，这便知道了她的许多事情。

曹文慧是青岛人。她的父亲是一家酱菜店的小老板，酱菜做得很绝，很出名，连国民党青岛警备司令都爱吃，副官常去他家买酱菜，去得很频繁，酱菜店老板很高兴，正在中学读书的曹文慧则从副官的那令她不安的眼神里，察觉出了他买酱菜以外的原因。她的舅舅是地下党，这时候，正在她读书的学校里当老师。文慧对他说起过这件事。没过几天，一批学生来沂蒙山根据地，她舅舅便让她跟了出来。她参加了八路军。并同跟她一起来沂蒙山的同学肖一雄相爱。这之后，他上了前线，她则做了地方工作。

"哗……"文慧吐酒了。

"呜……"玉贞哭了。

"哇……"四岁的小弟弟吓哭了。

因为年龄大了些，曹文慧很喜欢孩子，经常把玉贞的弟弟抱去做伴儿，她给他起名叫小霄。有天晚上，她突然醒了，醒来之后，发现她的乳头儿在小霄嘴里哂着，她的另一个，在他的小手里抓着，她意识到醒来的原因，"啪"地朝小霄的屁股上打了一下。他正睡得迷迷糊糊，让她打醒之后，"哇哇"直哭，她又赶忙把乳头儿塞到他的嘴里，她狠狠地点着他的额头："你这个小坏蛋、小冤家呀！"

她将这事儿偷偷告诉给玉贞，玉贞眼圈儿红了："俺娘死得早，他多受了许多委屈。"

曹文慧有时候胡思乱想，说话开始大大咧咧："让小霄给我当儿子吧！"

玉贞猜出她给他起名叫小霄的用意："那怎么行！俺就这一个弟弟，给你当女婿嘛，还差不多！"

"行！只要以后我有女儿！"

再过两年，肖一雄从抗美援朝战场上回来了，他到钓鱼台来找曹文慧，两人见面百感交集，哭着叫着地抱到了一块儿。突然，他把她松开了，他看见她的床上，睡着一个不很小的小孩儿，他的嗓音儿陡然变了："这是谁的孩子？"

她有意激激他："我的！"

他的脸色变得吓人："你的？"

"我的！这么多年，也不来个信，谁知道你是死是活？"

"嘿！"肖一雄气急败坏地就要走，玉贞一下走了进来。她在门外已经待了一会儿，刚要进来，见他俩抱在一块儿，羞得她够呛！这时候，听文慧越说越不像话，便走了进来："你可是肖大哥？文慧姐是吓唬你哩！那是俺弟弟！"

曹文慧笑得直不起腰来："我就是要激激这个小兔崽子！"

肖一雄"嘿嘿"了两声，便拿糖给玉贞和小霄吃。

肖一雄在钓鱼台待了五天，临走要把曹文慧带走，她不干，骂骂咧咧道："兔崽子，你的工作是工作，我的工作就不是工作了？跟你干啥去？当随军家属？想得你娘的倒美！"

肖一雄让她骂得嘿嘿着："你变粗野了！"

"你不粗野，头天见面，还没登记，你他娘的就……"

"你小点声!"

肖一雄走了之后,留给钓鱼台人突出的印象是沉默寡言,羞怯腼腆,一点儿不像副政委,守着曹文慧的时候,人们这样说:"你们老肖可真老实!"不守着她的时候,都说他"怕婆子"。

曹文慧二十八岁结婚,婚结得晚了些,爱的方式有点变形。虽说她没跟他去,但他们都疯狂地补偿着久别时的感情,贪婪地享受着生活的乐趣。两人级别不低,肖一雄更高一些,不愁路费,他们穿梭般地你来我往,结果是在他们婚后的四年中,她生了三个孩子,第一个是女的,即肖英。

老妇救会长李进荣对她怜惜地说:"你呀!文慧,哪怕停一年哩!别太热火了!也该注意自己的身体,来日方长哩!"但她一次一次的生育,非但没有破坏她的外貌,还更增加了一种少妇的美,她的外貌没受影响,可乡长的工作却不能不蒙受点损失。因此,当肖一雄转业到某市委当办公室主任的时候,曹文慧也调去了,她在那里当了一个厂的党支部书记。

三

还在曹文慧发酒疯的那次不久,文慧就问玉贞:"哎,你干吗不找主儿?"

"等弟弟稍大点儿的时候,跟你一块儿!"

"傻妮子,跟我一块儿干什么?有合适的赶快找一个,你要照顾小霄,不会在本村找一个?"

"本村差不多都是亲连亲,我的辈分又高,没合适的!"

"那就在外村找一个,把他招赘到钓鱼台来就是了!"

刘玉贞接受了这个方案,很快就找了一个,当她的弟弟开始上学的时候,便结了婚。

在这之前和之后,刘玉贞有许多脱产转干的机会,就在曹文慧调走的时候,她还动员玉贞接替她的职务,但刘玉贞都拒绝了。理由还是她的弟弟:既不能把弟弟自己留在家里,也不能带着弟弟东跑西颠,只能她自己在家里。

刘玉贞的丈夫叫徐文福,参加过淮海战役,也是党员。人很老实,很勤快,也很敏感,时时保持着某种警觉,很怕别人瞧他不起。

刘玉贞家里房子不少，但他非要自己另盖几间，最后还是盖起来了，尽管盖房子的东西都是玉贞家的。他会织布。他从他自己的家里带来一台织布机，织起布来的时候，嘴唇随着梭子左右动弹。他经常揽活干，给谁家织布吃谁家的饭，另外再收一点钱。当玉霄大一点的时候，听说他打过仗，便缠着让他讲战斗故事，他只说："了不得呀，那可不是闹着玩儿的呀！"他偶尔也跟玉霄谈起共产主义，但一般都是从消费的角度。

因为他很敏感，玉贞时时有种对他不起的感情，唯恐使他受了委屈，顺着他，让着他，给玉霄的温情自然就少了些。玉霄受了那人的感染，学得也很敏感，小心着不要让他生气，也不让自己受欺负。他不让玉霄放学之后去拾柴火，玉贞说："他愿意去就让他去吧！"

他便说："这可是你让他去的呀，人家要说起来，可别怨我呀！"

小玉霄性格开始孤僻起来。从前光他姊弟俩的时候，自由自在，现在在自己的家里却还要时时小心着，他偷偷哭过好几回。有一回哭的时候，让玉贞看见了，玉贞便抱着他一起哭，完了，她对玉霄说："好好上学呀，要不……"

这话她经常说，他从小便记得挺牢。他不知道姐姐的潜台词是什么，猜不出"要不"就会怎么样，但这两个字使他感到了某种压力，他学习很刻苦，成绩很好。

往后她有了孩子，初级社合并成高级社的时候，社长也不干了。她又留起了髻子，穿着用她丈夫织的布做的带大襟儿的褂子，盘着腿儿，"吱咂吱咂"地纺线穗子，眼里终年布满着血丝。她后背的脖领处，经常湿漉漉的，干了的时候，好似撒了一层盐粒子。

她拼命让玉霄上学，她自己的孩子却没有一个能上得了学。她的孩子一个个的挺懂事。玉霄上初中的时候，每当星期天回家，玉贞总要给他做点好吃的，只做一点儿，刚够他一个人吃。孩子们在旁边眼巴巴地望着，玉霄让他们一块儿吃，他的大外甥说："你吃吧，舅！你在外边上学，怪累！"孩子刚八岁，说话跟大人似的，他的鼻子有点酸。有一回，八岁的外甥去河里捉了几条小鱼，拿回来要给他舅吃，回来见玉霄上学去了，孩子哭了。

她孩子生得挺多。当玉霄高中毕业因为赶上"文革"没能考大学而去参了军的时候，她又有了第六个孩子。

玉霄临离开家之前，玉贞给了他一只生了锈的口琴和一个几年前的旧信皮儿，她对他说："小时候，你可记得咱这儿有个女乡长，姓曹？"

"好像记得一点儿！"

"你小时候，她对你挺好，这个口琴就是她送给你的，这个信皮儿上是她的地址，多年不通信了，不知道她还在那儿不，有空儿的时候，你写封信去打听打听，别忘了人家！"

完了，她哭了："这些年，你受委屈了，家里很穷！"

他也哭了："是我拖累你了！"

徐文福不识字，玉贞在识字班里学的字，这时候也已经忘得差不多了，当玉霄从部队给她来信的时候，她连封回信也不会写了。

四

大跃进。"社教"。"文革"。别的地方搞了多少革命，钓鱼台便搞了多少革命。今天这个下去了，明天那个上来了，钓鱼台大队的成年人中，有一半以上都当过大队以下的形形色色的干部，连刘乃厚也当了几天大队革委会主任。他当大队革委会主任的时候，阶级斗争抓得很紧。他领着群众斗他的岳父王文敬；斗刚刚下台的他的前任；控诉他的老婆王艳花怎么腐蚀他。他控诉得很具体，把一些细节说得很详细。他白天控诉，晚上回去照样跟把他拉下水的那个人在一起睡觉。

王文敬让他斗得上了吊，他老婆让他控诉得出不来门。这地方，当"叛徒、特务、走资派"不丢人，最丢人的是"当贼""养汉子"，在人们的眼里，他老婆属于"养汉子"的那一类。但他没斗过去杀大金牙的那三人，刘杰死了，刘玉贞早不当干部了，李进荣德高望重，谁动她一指头她敢跟谁玩命。

刘乃厚当革委会主任的时候，经常去小学里做报告，讲他十四岁就参加革命的光荣历史，讲他机智灵活同日本鬼子开展斗争、破坏鬼子军火供应的英雄事迹。孩子们都很信，他从井里往外捞罐头的时候，他们都还没出生。

赶到"清理阶级队伍"的时候，刘乃厚下了台，原因是他对王艳花明斗暗保，阶级阵线不清。

"清理阶级队伍"后的第二年，钓鱼台来了个女"知青"，进村就找刘玉贞。刘玉贞见了她挺面熟，刚要寻思在哪里见过，就见她从挎包里拿出了一对绣花枕头皮儿，玉贞猛地想起来了："你是肖英?"

"刘大姨!"

玉贞高兴得眼里流出了泪："好妹妹，别叫大姨，叫姐姐!"

"不，那不尊重!"

徐文福在旁边说："叫啥都一样，快进屋去，大老远的来了，就多住些日子!"

肖英说："来了我就不走了!"

进得屋去，肖英见墙上有几张军人照片，便问玉贞："这个可是小霄哥?"

"是他! 他给你家写信了?"

"写了!"

"你妈怎么说?"

"妈说他是好孩子，让我跟他多联系!"

肖英跟她妈从钓鱼台走的时候，才四岁，但对钓鱼台的情况却很熟悉，问玉贞："哪个是老妇救会长李进荣?"

玉贞就领她去看李进荣。

问："哪个是捞罐头的那口井?"

玉贞又领她去看井。

问："谁是刘乃厚?"

又把刘乃厚叫了来。那时节，刘乃厚刚下台不久，正在庄上受冷落，听到老乡长曹文慧的女儿要见见他，受宠若惊，进了门，朝肖英一个鞠躬："小婶子，您来了!"

肖英一下让他叫愣了。

刘玉贞赶忙过来打掩护："他跟你叫着玩儿呢! 四十多了，没正形，他就这么个人!"

刘乃厚猴猴着脸："嘿嘿，嘿嘿!"

肖英下乡到钓鱼台没受了委屈，她住在玉霄住过的房子里，在庄上小学里当民办老师。关于她下乡的原因，以及她跟刘玉霄恋爱的过程，都很普通，就跟生活里和公式化的小说中常见的一样，不足为奇。无非是她老子成了"走资派"，她下乡到她母亲战斗过的地方，在那里她跟一个战士通信建立了感情，而这个人在她还没有影儿的时候就被她妈认作了未来的女婿，虽说有点"包办"的性质，但她自己也同意，如此而已，根本不需要花费笔墨去描写。

刘玉霄当兵四年提了干，第一次休探亲假的时候，曹文慧也来到了钓鱼台（都是预先约好的）。喝着酒的时候，便将事情挑明了。大家都很高兴，刘玉贞虔诚地对玉霄和肖英说："明天，你俩去咱们父母的坟上烧个纸，说一声！"

徐文福说："烧不烧的吧，修大寨田的时候，坟都深埋掉了，再说玉霄一个军官，戴着领章、帽徽的去磕头，也不好看！"

"坟头没了不要紧，找到那块地方，差不离儿就行，他是军官就能不要父母吗？"

曹文慧和刘玉霄都觉得玉贞变了。

五

在曹文慧和刘玉霄的敦促下，刘玉贞六个孩子中的最小的三个，都上学了，徐文福开始还有点犹豫："……正干着活儿！"

玉霄说："孩子上学的费用，我包了，他们上学给家里带来的损失，我给你补上！"

"别，别价，让他们上就是了！"

往后，肖英被推荐上了大学，当了工农兵大学生，毕业之后，分到钓鱼台公社农技站工作，不久，便跟玉霄结了婚。

当肖英有了孩子的时候，刘玉贞的那三个正在上学的孩子，都争着要去看小孩。肖英说："不好好上学，看什么孩子？"

玉贞说："孩子笨，老师教得也差，学习都白搭，他们愿意给你看孩子，你就挑一个呗！"

"不行的，越不学不就越笨吗？你们三个都回去，以后每星期我检查你们一次作业！"

三个孩子都跑了。

肖英对玉贞说："姐姐，你年纪还不大，怎么变得这么糊涂呢！玉霄不在家，每次来信都嘱咐我督促外甥们学习，过去，他上学的时候，你费了那么多力，现在对你自己的孩子怎么倒不上心了呢！"

"庄户人家，也不是那块料，他舅聪明点儿，命苦，知道用功，再说，我不供给他上学，也怕配不上你！"

肖英眼圈儿一红："我的好姐姐呀！"

六

三中全会。生产责任制。钓鱼台仿佛又回到了新中国成立初期那鼎盛的年代。

玉米不再叫"金皇后"了，化肥的名字也不通俗，好东西很多，钓鱼台人都知道好，可不会叫，不会用。肖英住在家门子上，跟谁都有点儿直接的或间接的亲戚。化肥不好买，托她买化肥；优良品种不好换，托她换种子；买了，换了，不会用，请她去指导，她很忙……

勤劳致富的口号，叫得很响。可肖英很快就注意到：这里的人一边重视科学种田，一边不让孩子去上学。

刘乃厚种着责任田，开着豆腐店，忙得他整天颠儿颠儿地，小跑一样，秤杆子耍得很老练，称东西很准，一点儿不糊儿马约。他的孙子都上学了，他把孙子叫回来，在豆腐店里拉风箱。他的老伴儿王艳花五十多了，但一点儿不显老，她年轻时馋一点儿，会保养，老得慢，如今依然风韵犹存，往豆腐店里一站，使人想到"豆腐西施"。

生活是很显著地好起来了。刘乃厚也戴上了手表，镶上了金牙。他镶金牙不是受某人的影响、为着好看，而是食物发生了质的变化，为了咀嚼需要。肖英的丈夫刘玉霄，这时候早已从部队转业，转到曹文慧所在的那个市里的文联当作家。他曾发表过一篇短文，叫《从镶牙看变化》，就是受了刘乃厚的启发。刘乃厚告诉玉霄："过去穷，喝稀粥，有牙没牙关系不大，如今生活好了，吃小米煎饼，啃排骨，没牙不行！"说着说着，他吹起来了："我十四岁那年就当村长，玉贞大姑还是接我的班儿呢！那回，沈鸿烈手下的一个副官来咱村，张着大嘴让我看他的大金牙，那时候还点煤油灯，我一看，俺娘哎，黄灿灿，金黄瓦亮，把俺馋得够呛。俺寻思，人有势了，连牙也换成了金子的，这还是个副官，要是当个师长、军长的，还不得换上它十个八个的大金牙？可谁曾想，如今咱也镶上了！"说着，就把金牙拿下来让玉霄看。这牙是活动的，上边塞满了饭渣牙垢，把玉霄恶心得够呛。完了，他把牙安上，"总而言之一句话，关键是政策好哇！是这话吧，小叔？"

这是刘乃厚。

刘玉贞家变化也同样巨大。玉霄回来的时候，徐文福请他去喝酒，家里的摆设是"土洋结合",尽管不伦不类,却很丰盛。他的织布机如今闲置了。徐文福说:"原来想砸了它烧火的,后来一想不能砸,等人们穿涤纶、涤卡的穿烦了的时候,说不定又喜欢咱这种家织的老粗布!"

玉霄这才发现这人还挺能说话,并不能算是沉默寡言。喝起酒来的时候,徐文福说:"过去拖累你和弟妹了,现在你俩就只管放心,生活你也看见了,你没看见的还有存款,你在省城打听着点儿,要是有四五百块钱的彩电,给我也买一台!"

玉霄先前一直以为姐姐的心情很抑郁,现在看来,她比自己想象的要好一些。她的表情开朗了许多,眼睛闪着他小时候熟悉的光芒,偶尔也露出一点心满意足的神情。

玉贞的大女儿给肖英看过几年孩子,如今有了主儿了,眼瞅着就要结婚。肖英先前有过话儿,等她出嫁的时候,给她做件家具,问玉贞:"打什么?"

玉贞说:"什么也不缺,你甭操心,立柜、菜橱地打了五六件,人家男方还要做一些,要那么多家具干什么?"

肖英说:"那怎么行!我先前说过的,怎么好食言呢?"

玉贞说:"你要实在愿意打,就给她打个写字台,俺家还有的是现成木料,先前她跟我要过的,俺寻思写字台是写字的,她又不识字,要那个干什么,就没给她做!"

肖英便买了个写字台给她。把写字台送过去之后,肖英心想:她不识字,却要写字台,很耐人寻味儿,物质生活提高了,文化水平没跟上,便使得整体生活不协调,不充实,有点畸形了。

七

肖英没想到自己还能当乡长。机构改革,讲究文凭,并且强调女同志要占一定比例,她符合这个条件。另外她的工作干得也不错。钓鱼台三天一集,每逢三、六、九钓鱼台有集的时候,肖英便在农技站门口挂图片摆摊儿,搞科技咨询,也是她主讲。旁边经常有个挂着"五鼠闹东京"的布帘卖老鼠药的,拉着架子,扯着嗓子,喊得挺响,常把肖英的讲解压住了,她便也学着喊。她喊得很甜,很好听,跟唱歌似的。有一回,她正喊着,让玉霄看见了,玉霄的脸唰地红了,回到家说了她一顿:"你像个卖狗皮膏药的!"她挺委屈:"还不是为了咱家乡的人民!"钓鱼台是她的家的概念很牢固,她从没提过要回城市,她妈也没让她回去。虽说是个城市姑娘,但气质上跟农村姑娘差不离儿,不扭扭捏捏,不酸文醋语,没有大学生的架子,苦也能吃,活也能干,又联系群众,乡长,这便当上了。

肖英当乡长之后,抓的第一件事就是大办以扫科盲为主要内容的识字班,各村便很快做出了响应。

没过几天,曹文慧和刘玉霄来到了钓鱼台,钓鱼台大队的负责人听说后,请新老乡长去参加他们识字班的开学典礼。曹文慧去了。开学典礼会场仍设在老槐树下的井台边,老识字班们见曹文慧来了,忽地把她围住了,老姐妹们抚今追昔,感慨万端。当大队负责人请老乡长讲话的时候,曹文慧把刘玉贞拽了起来:"玉贞是咱钓鱼台老识字班的倡导者,请她先讲!"

刘玉贞激动地眼圈儿都红了,她说:"这三十多年,我好像白过了一样,要是重新从那时候开始活多好啊!大伙儿好好学哇!别光开个头儿就算了,我就这几句!"

随即曹文慧感情凝重地说:"这几年,咱钓鱼台生活好了,大伙儿肚子饱了,可别让脑子空了哇!玉贞说得好,别光开个头就算了。我离休了,也不想再走了,想在沂蒙山过过晚年,但愿咱老区人民今后再没有办扫盲识字班的必要!"

"哗……"热烈的掌声。

开完了会,识字班学员们挪到新落成的夜校教室里去上课,大队负责人让肖英来剪彩,肖英把剪子递给了曹文慧,曹文慧递给了刘玉贞,刘玉贞又递给了李进荣。李进荣老太太乐呵呵地说:"从前识字班开学是剪辫子,剪髻子,现在是剪绸子,社会真是进步了!"